WEI YUEDU

微阅读
1+1工程

1+1 GONGCHENG 第四辑

谁说老虎不吃人

邵火焰

百花洲文艺出版社
BAIHUAZHOU LITERATURE AND ART PRESS

图书在版编目（CIP）数据

谁说老虎不吃人 / 邵火焰著 . —南昌:百花洲文
艺出版社，2013.10（2020.6重印）
（微阅读 1 + 1 工程）
ISBN 978 - 7 - 5500 - 0811 - 3

Ⅰ. ①谁… Ⅱ. ①邵… Ⅲ. ①小小说—小说集—中国
—当代 Ⅳ. ①I247. 8

中国版本图书馆 CIP 数据核字（2013）第 251873 号

谁说老虎不吃人

邵火焰　著

出　版　人:姚雪雪
组稿编辑:陈永林
责任编辑:赵　霞　范毅然
出　　　版:百花洲文艺出版社
发行单位:全国新华书店
印　　　刷:天津画中画印刷有限公司
开　　　本:700mm×960mm　1/16
印　　　张:12
版　　　次:2014 年 2 月第 1 版
印　　　次:2020 年 6 月第 4 次印刷
字　　　数:128 千字
书　　　号:ISBN 978 - 7 - 5500 - 0811 - 3
定　　　价:29. 80 元

赣版权登字:05 - 2013 - 364
邮购联系:0791 - 86895108
网址:http://www.bhzwy.com
图书若有印装错误,影响阅读,可向承印厂联系调换。

前　言

  以"极短的篇幅包容极大的思想"，才能够以小胜大，经过读者的阅读，碰撞出思想的火花，震撼人的心灵。正因为这样，微型小说成为一种充满了幽默智慧、充满了空灵巧妙的独特文体。

  如果说在二十一世纪的头一个十年，是互联网大大改变了我们的生活，那么在我们正在经历的第二个十年里，手机将更为巨大地改变我们的生活。如今，以智能手机为平台，正在构成一个巨大的阅读平台。一种新的阅读方式正不知不觉地走进大众的生活。一个新的名词就此产生，它便是"微阅读"。微阅读，是一种借短消息、网络和短文体生存的阅读方式。微阅读是阅读领域的快餐，口袋书、手机报、微博，都代表微阅读。等车时，习惯拿出手机看新闻；走路时，喜欢戴上耳机"听"小说；陪人逛街，看电子书打发等待的时间。如果有这些行为，那说明你已在不知不觉中成为"微阅读"的忠实执行者了。让我们对微型小说前景充满信心和期待的是，微型小说在微阅读的浪潮中担当着极为重要的"源头活水"。

肩负着繁荣中国微型小说创作、促进这一文体进一步健康发展的责任和使命，微型小说选刊杂志社推出了"微阅读 1＋1 工程"系列丛书。这套书由一百个当代中国微型小说作家的个人自选集组成，是微型小说选刊杂志社的一项以"打造文体，推出作家，奉献精品"为目的的微型小说重点工程。相信这套书的出版，对于促进微型小说文体的进一步推广和传播，对于激励微型小说作家的创作热情，对于微型小说这一文体与新媒体的进一步结合，将有着极为重要的作用和意义。

编者

2014 年 9 月

目　录

纸 马 爷

纸马爷从 12 岁开始学扎纸马，这一扎就是 65 年多。

纸马爷一生扎得最好的纸马，是他去世前半年扎的一座"都市花园"，看过的人都说，那简直就是黄州城都市花园小区的浓缩版，黄州城都市花园小区所有的设施，纸马爷的"都市花园"里都有，而且活灵活现。

人们只看到了"都市花园"扎功的精湛，并不知道纸马爷为扎这座"都市花园"所付出的艰辛。纸马爷是在去了一趟黄州城都市花园小区后，才产生了要扎一座一模一样的"都市花园"的想法的。黄州城都市花园小区是黄州城最高档次的小区，小区里的别墅群，游乐场，假山凉亭，休闲广场，音乐喷泉……无不让纸马爷心动。纸马爷有自知之明，这一生是不可能住在这仙境般的地方的。纸马爷想，如果死后真有阴间存在，扎一套纸马岂不就梦想成真了。心动的纸马爷于是开始了"都市花园"的"兴建"工作。

那段时间，村里人看到纸马爷隔不了几天就要去趟黄州城。纸马爷是去熟悉小区的方位，建筑结构，颜色布局等情况的，这样扎起来才得心应手。有人就笑他说："纸马爷，你怎么老往城里跑，是不是城里有个老相好等你去约会啊？"

这话还真触动了纸马爷的心思，唤起了他甜蜜的回忆。纸马爷还真有那么一个老相好，不过那不是在城里，是在邻近的一个村子里。纸马爷年轻时，和邻村的兰妹子好上了，他们瞒着大人偷偷地约会，纸马爷和兰妹子经常手牵着手在那片小竹林里相拥而坐，憧憬着未来美好的日子。可是后来纸马爷托媒人去兰妹子家提亲时，没想到兰妹子的父母毫不犹豫地拒绝了，拒绝的理由很明确：他一个扎纸马的将来能有什么出息。兰妹子后来嫁给了一个煤矿工人，几年以后兰妹子的丈夫在一次矿难中遇难，兰妹子没再嫁人，一个人把儿子拉扯成人了。纸马爷也没有再找人成家，就一个人孤独地生活。纸马爷经常暗中接济兰妹子。纸马爷扎"都市花园"时脑海里就不时会浮现出兰妹子的身影。

纸马爷的"都市花园"历时 5 个月才竣工的。竣工那天，纸马爷偷偷去看了一趟兰妹子，回来后一个人在家自斟自饮，喝着喝着就喝多了，纸马爷喃喃地叫着兰妹子……

随着上门欣赏"都市花园"的人的增多，"都市花园"的名气越来越大了，一传十十传百，很快黄州城以及周围的十里八乡的人们都知道纸马爷的这件精美绝伦的作品。于是就有看上了这件作品的人找上门来。

最先上门的是乡长，乡长的父亲去世了。乡长的父亲去世前到纸马爷家看过"都市花园"，去世前留下的遗言是，要儿子无论如何烧一座这样的"都市花园"给他，不然死不瞑目。乡长派人来好说歹说，纸马爷就是不答应，后来乡长亲自带着村长上门，纸马爷的回答同样斩钉截铁：不卖。乡长问，你平时一件纸马卖多少钱？纸马爷说，五十到一百不等。乡长咬咬牙说，"都市花园"我给你一万，你卖不卖？纸马爷的回答还是两个字：不卖。

"都市花园"连乡长都没买去，这更增添了"都市花园"的身价。几天以后，村里开来了一辆宝马轿车，据说是一个建筑老板来了，他的母亲去世了，他来买纸马爷的"都市花园"，老板看了一眼"都市花园"后，拿出一包钱扔在桌上说，这是 10 万，购买你的"都市花园"。围观的村民们吃惊地瞪圆了眼睛，他们还从来没见过这么多钱，他们满以为纸马爷会兴奋地点头，可是纸马爷说，甭说 10 万，就是 100 万我也不卖。

村里人都在摇头，说，这纸马爷老糊涂了，10 万啊 10 万，在村里完全可以盖一座二层小洋楼……

有人就问纸马爷，别人出这么高的价你不卖，你是不是想留给自己住啊？

纸马爷不置可否地笑了笑。村里人背后都说他是一个老不开窍的傻瓜。

纸马爷也不计较别人怎么嚼他，每天依旧扎他的纸马，除了"都市花园"不卖外，他的其他的纸马销路很好。

人们都在拭目以待，想看看他的"都市花园"最终的结果。

这天，有个小伙子上门来了，说他奶奶去世了，要买一套纸马，小伙子看上了一套冰箱彩电轿车齐全的纸马，可是纸马爷不卖，纸马爷作出的决定令小伙子目瞪口呆：你把这座"都市花园"拿去吧。小伙子好半天才反应过来，说，可我出不起那么高的价啊。纸马爷说，我一分钱也不要……

这下轰动了村里，人们怎么也解不透这其中的缘故。然而，更让人不可思议的是，送出"都市花园"的第二天，纸马爷也离开了这个世界。

纸马爷竟然是无疾而终，死时面带微笑。

纸马爷死前心里亮堂着呢：那小伙子的奶奶就是兰妹子，纸马爷在"都市花园"里的一座别墅里卧室的床上扎了两个小人，那就是他和他的兰妹子。

 # 再 等 等

爹和发叔进了一趟城后，回来就都有了一个梦想：今生也要像城里人那样住上楼房。

爹望着我家和发叔家的红砖瓦房，先是摇头后是点头；发叔望着他家和我家的红砖瓦房，先是点头后是摇头。我不知道他们这摇头点头，点头摇头是什么意思，我猜测他们的意思是：实现这心愿不容易啊……总有一天会实现的。后来我问了爹和发叔，果然让我猜中了，他们就是这个意思。

我家和发叔家的房子亲密相连，共用一个山墙。爹和发叔的关系也亲密得很，打小就是玩得很好的朋友，有空时不是爹到发叔家串个门，就是发叔到我家坐会儿，聊聊天。有了那个共同的"梦想"后，他俩聊得最多的话题就是房子，准确地说就是楼房。

做房子是农村人一生的大事。很多人家吃差点穿破点，就是为了攒钱做房子。我家和发叔家的红砖瓦房就倾注了我爹和发叔的几年的心血和汗水。以前，我们两家住的都是土砖瓦房，晴天还无所谓，一到了连绵的阴雨天，就人心惶惶，那土砖墙脚浸湿了半截，很让人担心会因承受不了上面的重量而坍塌。爹和发叔一天到晚也是提心吊胆的。那天，爹和发叔一商量，拼了老命也要把土砖换成红砖。

仅靠在家种那几亩薄田的收入，猴年马月也做不起新房，爹和发叔去了镇上的一家蜂窝煤厂打工，做没人愿意做的事：筛煤粉。那是蜂窝煤厂最脏最累的活儿。场地上支起一个用铁丝网做的乒乓球台般大小的筛子，爹和发叔就把煤快用铁锹绰起，一锹一锹地向筛子洒去，煤粉透过网眼在下，煤石就过滤在上面。

我去看了一回就不敢再去了。那扬起的粉尘，一会儿就把人变得全身通黑，爹和发叔说话的时候，只看得见一张一合的嘴里的牙齿，连那

拧出的鼻涕也全是黑色。爹每天回家不洗两脚盆水是干净不了的。

爹和发叔在蜂窝煤厂干了两年后，终于盖起了红砖瓦房。搬进新屋的那天，爹和发叔叉着腰站在门前，像海战前将军在检阅自己的战舰，脸上的皱纹里盛满了笑意。爹叫我娘整了几个菜，发叔拿来的酒，他俩在我家从中午12点，喝到下午3点，屋里不时传出爹或发叔，或爹和发叔开心的笑声，新房落成前的所有辛劳被他们抛到了九霄云外。

爹和发叔开开心心过了几年后，红砖瓦房渐渐地不吃香了，农村里有钱的人家开始做楼房了。爹和发叔开始动心了。那次爹和发叔进城买化肥，晚上来不及赶回，就住进了一家小旅馆，爹和发叔站在二楼的阳台上，望着街道上的行人和汽车，他俩有了一种莫名的兴奋，竟然同时迸发出了那个"梦想"。后来村里有户有钱的人家，率先做起了一栋二层小洋楼，爹带着我并邀上发叔一起到那户人家去参观，站在楼顶，看着远处田野里金黄的油菜花，爹和发叔的眼睛有些迷离，爹说，今生如果能住上这样的楼房，死了也值啊。发叔附和道，也值也值。

爹和发叔的话让我的心里也成长起了一个梦想：一定要让爹今生住上楼房。后来这个梦想化成了我在外打工的动力，我要让梦想成真。

五年后，当我把一张卡交到爹手上时说，爹，我们马上拆除旧房，盖一栋新楼房吧。我看见爹眼睛一亮，但爹没有马上回答我，他默默地吸了几口烟后，神情变得忧郁起来，爹说，再等等吧。

我问爹，你不是早就盼望着住楼房吗？还等什么呢，早一天建成，早一天享受啊。爹仍在低头吸烟，扔掉烟头后爹还是那句话，等等，再等等吧。

发叔有空仍是来找爹聊天。那天爹问发叔，女儿很好吧？发叔有个女儿已经出嫁好几年了，发叔说，很好很好。他们随后聊了一些别的事，我奇怪的是，他们竟没聊楼房，难道他们放弃了心中那个梦想？

日子像门前的风无声无息地流逝。天有不测风云，有一天爹突然病倒了，到医院一检查，肺癌晚期。爹临死前，我跪在他的床边，边哭边说，爹，儿子不孝，没让您今生住上楼房。

爹说，儿子，不怪你，是我不让你做的。我突然想弄明白爹不做楼房的原因，爹说，我家做了，你发叔怎么办啊？那会让他心里难受的。儿啊，做人不能只想自己，还要考虑别人的感受……

三天后，爹带着他的梦想永远离开了这个世界。爹出殡的那天，发叔陪着我流了一天的眼泪。晚上发叔还过来陪我安慰我。我和发叔说起了爹的那个愿望，我说，发叔，我爹这生没住上楼房，您可得要住上啊，没钱我借给您。

发叔说，其实啊做楼房的钱，我早就有，我女儿女婿去年就给我了，但看到你家没动静，就想等等，我怕我家做了你家没做，你爹心里难受。

我没再说什么，上前紧紧地拥抱着发叔。再看爹，爹在相框里望着我在笑……

冬 草

"草儿，我要喝水。"冬草来到屋后的牛栏，刚把牛牵出来准备到塘边饮水，屋里就传来了婆婆的声音。

冬草说："娘，您稍等会儿，我牵牛喝完水就回来的。"冬草把牛牵到了门前的水塘里，待牛喝饱水后，把牛牵到山墙旁土坡上的榕树下拴好，就回了屋。

婆婆躺在床上还在咳嗽。冬草倒了一杯开水放在了婆婆床边的桌子上说："娘，水很烫，要凉一下，我去把鸡喂了马上来。"

一会儿，冬草喂完鸡进来了。冬草找来晾在床头的一块毛巾围在了婆婆的颈上，拿起汤匙，一匙一匙地喂婆婆喝水。

婆婆中风瘫痪在床已经三年了，手颤抖着不能拿稳东西，三年里婆婆的吃喝拉撒睡就靠冬草料理。其实，冬草完全可以不一个人这样辛苦。婆婆有两个儿子，两个媳妇，大儿子刘天的媳妇杨花可以替换着料理。婆婆瘫痪后，开始时刘天和冬草的男人刘地哥俩商量着一家料理一个月，可是料理了两个轮回后，婆婆在冬草面前哭着说，不想再去老大家了。婆婆说，老大媳妇杨花经常指桑骂槐说她是个老不死的。婆婆的屎尿在床也不及时换洗，还经常一天只吃两餐，吃饭时把碗放在婆婆床头，拿个汤匙让婆婆自己吃，婆婆的手不灵便，一碗饭婆婆有一大半都洒到了枕头边，杨花也不管婆婆吃饱了没有，她自己吃完后就来收拾碗筷，饭后也不管她喝不喝水，就到村子里找人打牌去了……

冬草六岁时就没了娘，她要把婆婆当作自己的亲娘。冬草没同刘地商量，就自作主张地一个人来料理婆婆。杨花也早就巴不得是这样，杨花不再管婆婆了，成天吃了饭后不是打牌就是逛街。冬草在家既要招呼孩子，料理家务，又要照顾婆婆。但冬草毫无怨言，空下来时就和婆婆说说话。

婆婆的水刚喂完，圈里的猪又在叫。冬草又连忙提着潲水桶喂猪去了。喂完猪后，冬草对婆婆说："娘，今天太阳很好，我抱你出来晒晒太阳吧。"冬草在门前摆好躺椅，然后回屋抱出了婆婆。太阳下婆婆眯缝着眼望着忙出忙进的冬草，自言自语地说："真不知我上辈子积了什么德，修来了这么个好媳妇。"冬草的辛苦婆婆看在眼里，疼在心里。

有一天，冬草病了，发着高烧，她没去医院，而是硬撑着照样洗衣弄饭照顾婆婆，结果晕倒在地，幸亏男人刘地回来发现后送到了医院。冬草惦记着家里，在医院里住了三天就回家了。杨花听说冬草病了，上门来说接婆婆到她家去住，冬草说算了，我的病好了，还是住在我家吧，杨花就没再说什么了。

半年后，婆婆再次中风，送到医院抢救无效，离开了这个世界。冬草想到婆婆这几年瘫痪在床所受的罪，眼泪不由自主地流了下来。

那天是婆婆出殡的日子，村里的父老乡亲和刘家的亲朋好友都来参加葬礼。冬草想哭，可是突然感觉到哭不出来。冬草觉得婆婆的死也是一种解脱，冬草在心里默默祝福婆婆一路走好。

追悼会开始了，哀乐奏过后，就是亲人们哭灵的环节了。男人刘地捅了捅跪在旁边的冬草，小声说："来了这么多人，你就放声地哭几句吧。"可是冬草心里难受但就是哭不出声音来。

在冬草默默流泪的时候，突然有人放声大哭，哭声凄惨："我可怜的娘啊，您怎么忍心抛下我们走了呢？您叫我们从此以后到哪里去看您啊？我们想念您啊，娘……"这一声声哭诉，牵动了在场的人的心，很多人跟着流下来眼泪。

这是大儿媳杨花在哭。

"真是一个孝顺的媳妇啊！"人群中有人在说。还有人说："还是杨花跟婆婆的感情深些。"

棺材起动上山了，杨花一直哭到了坟地。冬草只是默默流泪。

安葬了婆婆后，刘天刘地兄弟俩聚在一起，算账分钱。婆婆去世收的礼钱，除去葬礼的所有开支后，兄弟俩各分得现金两万元。

杨花笑眯眯地拿着钱到银行存现去了。

冬草拿着钱，头脑晕晕的，她想起了婆婆还没吃饭，她急急地赶回家，进门后来到婆婆的屋里，喊一声："娘，你肚子饿了吗？"

喊完，看到婆婆的床上空无一人，这才意识到婆婆已经永远离开了她。

冬草愣愣地站在床边，突然放声大哭："娘……"

麻 爷

　　自从那次借钱被拒绝之后，我爸和麻爷的关系就开始冷淡起来。不是麻爷不理我爸，而是我爸不理麻爷，我爸见了麻爷就弯路，哪怕麻爷老远就招呼我爸，我爸也佯装着没看见没听见拐到另外一条路上去了，遇到旁边无路可拐时，我爸就会调转头往回走。

　　知道了我爸恨麻爷的原因后，我也开始不喜欢麻爷了。

　　其实，我以前很喜欢麻爷的。麻爷总说我是村里最聪明的孩子。记得很小的时候，我们一大群孩子在麻爷家的麻花店门前边玩，我们都盯着麻爷柜台上八字形的金黄色的麻花，喉结蠕动，吞咽着口水。

　　看到我们的馋样，麻爷说话了："你们谁想吃麻花?"我们异口同声地回答："我想吃。"

　　"好，我出个题目考考你们，谁能算对，我奖给他 10 根麻花。"麻爷出的题是："假如要你们站成一条队，你站在中间，你前面站了 5 个人，你后面也站了 5 人，请问你这条队一共有多少人?"

　　他们都抢着回答："10 人。"

　　就是我没出声，麻爷问我：　"小焰，你说说等于多少?"我说："11 人。"

　　这时他们都笑我傻，说我不识数，连五加上五等于十也不知道。

　　麻爷去柜台里拿出 10 根麻花，他们欢呼雀跃地刚准备去接，可是麻爷却直接递到了我的手上。他们都不服气，说麻爷说话不算数，算错了的反而得麻花，麻爷笑着说："你自己不是那列队中的人吗?"

　　他们这才蔫了下来。我没有独吞麻花，每人发了一根。麻爷上前抚摸着我的头说："这娃，将来有出息。"

　　这年我才 5 岁，还没上学呢。

　　7 岁时上学读书，我的成绩年年优秀，一路顺风读到了初中毕业，以全校总分第2名的好成绩考入了县重点中学。可是，我家里穷，我爸拿不出钱来供我读高中。我爸说："高中就不读了，去跟麻爷学做麻花，以后可以养家糊口。"

我想读，但我爸不拿钱我也没办法。我爸去找麻爷，央求麻爷收我做徒弟。我爸与麻爷的关系最好，麻爷平时有空也爱到我家坐坐，经常考考我，我也爱到他店里玩玩，顺便蹭点麻花吃吃。可是出乎意料的是，麻爷却坚决拒绝了我爸的要求。麻爷还在我爸面前贬低我说："你家小焰，手脚太笨，不是做麻花的料子。"

我爸回家把麻爷的话转告了我后，我就再没到他麻花店玩过。

我跟我爸说我一定要读书，不能让人把我看笨。我爸说："我找人借借。"

我爸出去借钱去了，到天黑时才回，可是没借到一分钱。我爸坐在椅子上双手抱头一言不发。第二天我爸又出去借钱去了，但不一会儿就神色慌张地回家了，一回家就栓上大门，从怀里拿出一个纸包，打开纸包，里面是一叠理得整整齐齐的十元钞票。我爸哆哆嗦嗦地数了一遍后说："真是天助我家啊，这是我在竹林里的那条小路上捡的。够我儿子一年的学费了。"

我妈插了一句话，我爸眼里的亮光顿时不见了："这钱，我们不能昧下，想想人家丢钱的人该多着急啊。"

我爸说："也是啊……"

最后，我爸我妈决定，等10天，10天后是我报名的时间，要是没有失主寻找，就留着报名，就算是借，以后要知道了失主是谁，再还给人家。

我拿着那叠钱报名去了。

后来我爸去建筑队打工，家里的经济条件好转了，我读完高中后，考上了北京的一所名牌大学。我考上大学那天，我爸办酒，麻爷也不请自来了。我和我爸还是叫了麻爷，麻爷笑眯眯地答应了。

大学毕业后，我留在了城里工作。

一天，我接到我爸电话，我爸说："你回来一趟吧，麻爷病危了，他喊着你的名字要见你。"

我连夜坐飞机赶回了家。

病床上的麻爷骨瘦如柴，奄奄一息。听到我的呼唤，麻爷睁开了眼，断断续续地说："小焰啊，当初没让你……跟我学徒……别怨恨我啊……我那也是……"

我流着泪打断了麻爷的话："麻爷，别说了，我明白了你的良苦用心。当初那钱也是你送的。"

说这话时，我仿佛又闻到了麻花的香味。我真真切切地记得，报名那天，拿着父亲给我的那叠钱时，我闻了闻，每张上面都有一股麻花的香味。

麻爷说："别提钱的事了……你现在有出息了……我就高兴啊……"

我紧紧握着麻爷的手，泪流满面。

生命阳光最温暖

冬日的阳光是个好东西，照在人身上暖暖的，身上舒服了，心里也跟着舒服了。

神仙坳村的老人们就爱这冬日的暖阳。冬闲没事，到村子南头一个大草垛下晒太阳就是他们的事了。草垛的中间凹进去了簸箕那么大的一块，也不知是谁放了一张藤椅在这凹处，于是，这张藤椅就成了草垛下晒太阳的最佳地方。

神仙坳村的老人们都自觉地把这最好的位置，留给村里年纪最大的两位老人：西大爹和牛二爹。西大爹和牛二爹是同年出生的，今年都是81岁。

开始的时候，两位老人要同时到来，就互相谦让，你让我坐，我让你坐。西大爹比牛二爹大两个月，牛二爹说，还是老哥你坐吧。西大爹就坐下了。要是其中一个先到，先到的那个就会起身让后到的那个坐，后到的那个自然不会坐的，先到的那个也不再推让，优哉游哉地眯着眼享受着阳光的温暖。

村里的七八个老人们每天就这样不约而同地聚集在草垛下，天南海北地无主题闲聊。当然聊得最多的还是那逝去岁月的或美好或伤心的回忆。西大爹和牛二爹尽管有点耳背，有时候听不清那些比他们岁数小的老人聊的是什么，但看到他们在开心地大笑。他俩也会咧着没牙的嘴"哼哼"地笑着。

有一天，有个老人开玩笑地问，西大爹，牛二爹，你们两人谁走在谁的前面啊？西大爹和牛二爹没听清楚，你说什么？大声点。我说你们两人谁先到阎王那里报到？

牛二爹就怕人说他会死，他捅了身边开玩笑的老人一拳说，别看老子的年纪在村里最大，说不定你还会走在我前面呢。

西大爹也怕听这个死字，他从藤椅上站起来，瘪着嘴骂了一句，别放屁了，老子还要活20年。

看到两位老人那种孩子般动气的样子，在场晒太阳的其他老人们都笑得皱纹颤动，连身后的草垛都抖起来了。

这时，不知是谁大声说了句，你们两个每天谁来得早，谁就长寿。其他人也都随声附和，对，你们两个每天谁来得早，谁就长寿。

西大爹和牛二爹没再理会他们，一个坐在藤椅上，一个靠在草垛上，都闭着眼睛，沐浴着阳光，想着各自的心事。

可是随后几天，人们发现西大爹和牛二爹在太阳还没出来时，就都来到了草垛下，早来的那一个再也不谦让了，一屁股坐在冰冷的藤椅上，望着迟来的那一个嘿嘿地笑。太阳还没出来，草垛旁有点冷，但他们好像都不怕冷似的，在那儿闭目养神，那神情与太阳照在身上时一样的悠闲，尽管不时打一下冷战。

大家都明白，这两位老人较上劲了。两位老人的家人也很奇怪，以前他们因为怕冷，还爱赖床，现在都很快起来，而且精神抖擞，走出家门时，连拐杖也没拄，脚步比以前稳多了。中午回来吃饭时，胃口也比平时好多了。他们不知，两位老人心里有个信念支撑着：我今天一定要抢到藤椅的位子。

抢到藤椅位子的那个心情很好，见了过往的人还主动打招呼，你早啊，田里的活儿做完了吗？

没抢到位子的那个心情也不坏，见了面前经过的人也会说上几句话。

西大爹和牛二爹互相之间也说着话，问问昨晚什么时候睡的，早晨什么时候醒的，还互相叮嘱要好好休息，保重身体。他们的较劲只在心里。

牛二爹的身体比西大爹要好。这段时间牛二爹抢到位子的次数比西大爹要多。

可是，有一天，牛二爹由于晚上没睡好，早上竟然睡着了，醒来时太阳已经从窗户里照进来了。牛二爹慌忙起来，早餐也没吃就向草垛奔来。他到草垛前一看，那几个老人都来了，而藤椅上却没有人。牛二爹喜滋滋地坐了上去。

接连几天，藤椅上坐着的都是牛二爹。牛二爹奇怪了，自言自语地说，这几天怎么没见西大爹呢？

有人大声告诉他，西大爹病了，躺在床上起不来。

牛二爹愣在椅子上没吭声。好半天才颤颤巍巍地站起来，踉踉跄跄地向西大爹家走去。西大爹躺在床上闭着眼睛。老哥，你怎么哪？牛二爹唤醒了西大爹。

西大爹的嘴在动。西大爹的儿子把父亲的话大声转述给牛二爹听，我爸说，他再也不跟你抢位子了。

牛二爹上前坐在床边，拉着西大爹的手说，老哥，你起来吧，我……我……再也不跟你抢了……每天让你坐……

泪，溢出了西大爹的眼角。牛二爹的眼睛模糊了，泪，顺着苍老的脸颊流了下来，滴到了他俩紧握着的手上。

三天后，西大爹走了，永远也享受不到这温暖的阳光了。

牛二爹还是每天去草垛下晒太阳，但他不再坐在那张藤椅上。人们也自觉地让那位子空着，每天任由温暖的阳光抚摸着它。

做不得的生意

听说开网上商店很赚钱，我动心了。卖什么呢？得有一个适销对路的项目啊。我突然想起了上大学时营销教授说过的一句话：要研究顾客的心理，顾客需要什么我们就卖什么。

我在好多场合曾听人说，你这个人真没良心。看来人们最需要的是良心。于是，我打定了主意，就做买卖良心的生意。

做生意先得进货。我在网上打出了广告词：本网店大量收购良心。

真是没有不开张的油盐铺，当天晚上就有人跟帖要将良心卖给我。卖良心的人是一个小镇上的制酒商。

第二天，可忙坏了我，有很多人找我卖良心来了。我印象比较深的有，一个小镇的副镇长，一个卖牛肉的商贩，一个在城里发了财的小老板，一个整天在外闲逛的小青年……我没花多少钱就买下了他们的良心。收到良心后，我就用支付宝一一地把钱划给了他们，并将收到的良心编上号，然后在进货本上注明卖良心人的基本情况，以便联系。不到一周，我就进齐了货物。

下一步就是转手高价倒卖了。我又在网上打出了广告词：在我们这个和谐社会里，最不能缺少的是金钱吗？不是，那是什么呢？是良心。目前本网店有大量的良心出售，价格合理，实行三包，欲购从速。

我这个项目看来是真的选对了。随后的几天就有很多人划款过来购买良心。

为了更好地和顾客沟通，了解顾客的需求，我开通了QQ。一天，我问一个欲买良心的朋友，为什么要买良心？这位朋友说，我虽说钱越来越多，感觉到自己越来越不像个人，对周围的一切越来越冷漠，好多人说我没有良心，看到你网上广告说有卖良心的就想买了，不管多少钱都要买，反正我不差钱。

这位朋友的话看来很有代表性，这也许是很多有钱人的心理。随后，我把良心的售价提高了好几倍。没想到仍然有很多人购买，看来缺失良心的人还不少。几天的工夫我就狠狠地赚了一大笔。

那几天，我完全沉浸在赚钱的喜悦中，连岳母住院了也没去看。老婆在电话里骂我没良心，叫我无论如何必须到医院看一看。我怕见面时老婆又说我没良心，就在临走前在放良心的柜子里随手拿了一个待售的良心，揣在了怀里去了医院。到了医院一看到老婆那个黄脸婆的样子，就很不顺眼，老婆说我来迟了，我极不耐烦地吼了她一句：路上堵车了，这能怪我吗？你跟我闭嘴！

老婆就那样看着我，一愣一愣的，好像不认识我似地。我也奇怪我自己以前很怕老婆的，今天怎么一点也不怕。老婆还在数落我，我的火气一下就上来了，我说，你什么都别说了咱们离婚吧。老婆瞪圆了眼望着我足足有五分钟。

晚上回到家，我把上午拿的那颗良心刚放回原处，就听老婆吼，还站在这儿干嘛，做事去啊。我又像以前那样听话地翘着屁股到厨房里洗碗去了。老婆随后跟了进来说，你的狠呢，你的狠哪里去了？你说离婚就离呀，怎么不离了？我半句话也不敢顶嘴。

老婆还在不依不饶，追问我上午为什么那么大的狠，我也说不出个子丑寅卯。老婆骂我真是个没良心的。这句话一下提醒了我，我上午还特地揣了一颗良心呀，怎么说我没良心呢？突然我想到了，是不是那个良心的问题，我马上到柜子里拿出那颗良心，再在进货本上一看简介，是一个发了点小财的后有外遇的老板的良心。难怪我会有那种不可理喻的表现，这种人的良心好得了吗？

随后几天，可让我的头都大了。电话不断，都是要求退货的。有的说，良心买回去后不想养老人了，有的说良心买回去后拿假钞骗人被人打了，有的说，自己以前一向真诚待人现在光说假话了……我知道他们遭遇的一定是跟我一样的故事。看来，敢于卖良心的人的良心都不是什么好良心。好在我没有把我自己的良心卖出去，我答应了他们的要求，都一一退货了。这次生意我惨败了，心里郁闷啊。

还是随后的几天网上爆出了几则新闻让我心里好受了些。那个卖了良心的制酒商，制假酒喝死了人被判了刑，那个副镇长贪污救灾款东窗事发被逮捕，那个牛肉贩子卖注水牛肉被工商查获，那个城里发了财的小老板犯了重婚罪锒铛入狱，那个闲逛的小青年没钱上网就去偷，结果被人捉住打断了腿……

 # 卖不掉的肉

　　草根叔笑了，笑得额头上的皱纹像门前水塘里的波纹一漾一漾的。也该他笑的，六十多户人家的塆子里就他一家的猪养到了岸。年初时捉回猪崽的有好几户人家，但不是中途病死就是主人外出打工没人饲养而在半大时卖掉了，只有草根叔家的猪在老婆水花的精心照料下年终出栏了。

　　养猪就像银行里的零存整取，草根叔马上到了整取的时候，他当然高兴啊。还有一个令他高兴的原因是，往年乡里规定不准农户私宰自家养的猪，今年政策宽松，农户自养的猪可以自宰自销不交一分钱的税。

　　草根叔家的猪有三百多斤，最少能杀出两百多斤净肉。水花说，自己留三十斤其余的卖掉。草根叔就同水花商量，考虑到乡里乡亲的平时都待自家不薄，肉价就比街上便宜三元钱一斤，街上卖十元，他家只收七元。

　　最先上门的是塆子东头的包子嫂。包子嫂在街上卖肉包子，她一听说草根叔家的肉便宜卖，开口就要草根叔最少考虑她四十斤。

　　有光谁不想沾，草根叔家热闹了起来。这家十斤，那家二十，一会儿草根叔手里那巴掌大块纸上就写满了名字和数字。造了计划的人家乐呵呵地在心里盘算开了：每斤便宜三元，十斤就节约了三十元，很划得来。可是僧多粥少，后来的人家就不乐意了，数落草根叔看人下菜。

　　大发来迟了没他的分，质问草根叔，你可不能这样厚此薄彼啊，那回你家的猪病了，还是我帮你打的电话到兽医站找来的兽医呢，无论说什么你得计划我最少十五斤。

　　牛粪嫂前两天回娘家了，回来后马上找上门来说，怎么你就忘了？好歹你家的猪崽是我和你老婆水花一起上街选回的吧，怎么着也得匀我十斤。

还有好几家曾帮过草根叔家忙的人家上门要买肉来了。

草根叔的头都大了，都是乡里乡亲的，给谁不给谁呢？晚上草根叔躺在床上翻来覆去就是睡不着。老婆水花出主意说，为了不得罪乡亲们，我看还是跟街上卖一个价吧，就十元，这样没买到的人家就不会有意见了。

草根叔一琢磨，对啊，每斤十元，一视同仁。

第二天一早，王屠户带着徒弟宰猪来了。草根叔家院子里挤满了人。

草根叔说话了。各位乡亲，实在对不起，肉价同街上一个价十元钱一斤，请大家谅解！草根叔掏出烟在发。

没人接他的烟，但有人接他的话。

昨天说得好好的七元，今天怎么变成了十元，你这不是忽悠我们吗？

草根叔马上解释，对不起，对不起大家！为了能公平一点，只好出此下策了……

包子嫂反应最强烈，她涨红了脸打断了草根叔的话，别拣好听的说，不就是看到买的人多肉俏了趁机涨价吗？哼，你这种人我在街上见多了。

谁说除了王屠户就不吃肉？真是笑话，我们拿着钱哪儿割不到肉？走，我们街上割去，想割肥的割肥的，想割瘦的割瘦的。有人嚷开了。一院子人陆续走光了。

一会儿王屠户拿着工钱，徒弟拎着猪下水也走了。望着案板上白亮亮的肉，草根叔唉声叹气。埋怨起老婆水花了。

水花一下跳起来了，我就不信，这么新鲜的土猪肉卖不了，明天我们到街上自己卖去。

第二天，草根叔起了一个大早和老婆水花一起把肉拉到了街上，在包子嫂摊点的斜对面找了块空位安顿下来了。卖肉卖肉，新鲜的本地猪肉……水花扯开喉咙喊了起来。

没有不开张的油盐铺。马上有人围了上来。刚卖了两个主儿，突然来了几个穿制服的人。停下停下，不能卖，我们刚刚接到群众举报，说你这儿的肉没有经过检疫，卖没检疫的肉是违法的。

草根叔和水花眼睁睁地望着那群人把肉拖走了。

斜对面的包子嫂望着蹲在地上蔫蔫的草根叔和水花，撇着嘴小声嘀咕了一句，小样，我还整不了你？两毛钱的电话费就搞定。

第二天，草根叔交了几十元的检疫费后取回了肉。然而那肉已不那么上眼了，与旁边屠户凌晨现杀的肉的颜色相比明显地暗，一看就是头天没卖出去的陈肉。

草根叔同水花商量后决定，便宜点好销些，就卖七元。水花扯开喉咙喊了起来，本地猪肉便宜卖，七元钱一斤……

刚好大发上街经过这儿，听到水花的叫卖声，气鼓鼓地指责草根叔，我说你呀真不为人，乡里乡亲的七元不卖，跑这儿来还是卖七元，你这不是明显得罪垮里的人吗？何必呢？

碰巧牛粪嫂也经过这儿，草根叔喊住了她说，牛粪嫂，是要肉吗，就七元，来吧要多少？

牛粪嫂斜了肉摊一眼说，不要了，我家的年肉前天就割足了。

牛粪嫂走后，水花又扯开喉咙喊了起来，本地猪肉便宜卖，七元钱一斤……

又有人围了上来。有个老伯说要割二十斤，刚准备付钱，旁边有人说话了，买不得，莫贪便宜，便宜不是好货，肯定是问题猪肉，不然谁会傻到降价卖。老人又将钱揣回了兜里。围观的人散了。

太阳老高了，温暖的阳光晒在草根叔身上暖暖的，可草根叔的心却是凉凉的。

看着无精打采的草根叔，水花扯开喉咙喊了起来，本地猪肉便宜卖，五元钱一斤……

半边眉

二曼只扫了小琼一眼，就瞪大了眼睛。

二曼就这样紧盯着小琼的眉毛不眨眼地足足看了六十秒，一边黑黑的如下弦的弯月妩媚动人，一边稀稀的像粘着的一条毛毛虫。

小琼被看得有点不好意思，小琼说，曼姐好看吗？好看你就多看看吧。

二曼这才双手掩面地将哧哧的笑声从指缝中喷出。小琼受到了感染也嘻嘻地笑出声来。

小琼是二曼玩得最好的姐妹。二曼知道小琼爱赶时髦，在她们这个小县城里，除了感冒，流行什么小琼就会赶什么。前几年时兴烫发染发，小琼连夜就到美容美发店，花 50 元整出了一头柠檬黄的卷发，引得厂里女工们的眼神一愣一愣的。后来二曼和众姐妹们发型也都卷成了柠檬黄。那段时间上下班时形成了一道别具韵味的风景，从远处的楼上看，厂门口是一块一块的黄色在蠕动，很养眼的。

这些二曼都能理解，二曼也不是老土，虽说赶时髦比小琼慢半拍，但最终也还是赶上了。女人嘛爱的就是漂亮，多花点时间多花点金钱，在自己的头上脸上整顿整顿是应该的。

唯独这次二曼怎么也解不透一边绣眉一边不绣眉时尚在哪里。

二曼收住了笑说，小琼你自己照照镜子，说说好看在哪里。

小琼真的就掏出了一面精致的小圆镜，在眼前上下左右晃动。小琼说，好看在哪里我也说不上来，反正厂里和街上好多女人的眉毛都是这样。

二曼有好几天没有逛街了。二曼不相信就这么几天的时间，姐妹们的脑袋就都进水了。

这天下班时，二曼特地在厂门口多停留了一会儿，果然发现有好几个女工的眉毛一边是美丽的弯月一边是刺眼的毛毛虫。

二曼下意识地摸了摸自己的眉毛。二曼知道自己的眉毛也不好看，有好几次想去绣一绣，但进门一问价格，舌头一吐就赶紧跑了出来。

二曼没有马上回家，而是在街上漫无目标地闲逛。小琼没有说假话，二曼发现街上真的有不少女人的眉毛同小琼一样别出心裁。

二曼还是怎么也想不通，时髦也应有个时髦的底线，如果街上来了几个裸体的疯女人，那不也要跟着裸奔吗？二曼想，眉我肯定是要绣的，但要等到我有钱时，要绣也是两边都绣，我是不会赶这种只绣半边的时尚的。

街上的嘈杂声吵得二曼心烦，二曼向菜场方向走去，她不再想眉毛的事，打算买点菜回家做饭。

这个世界有时就是这样，好多事是不会以你的意志为转移的。二曼刚转到另一条街上，欢快的音乐夹杂着激昂的女高音迎面扑来：最后三天，免费绣眉，欢迎光临……

二曼心中一喜，顿时来了精神。看来今天这个街没有白逛，天下偶尔也有免费的午餐啊。二曼突然又想到了小琼，小琼天天逛街肯定也知道这里在免费绣眉，可她为什么在自己面前一声不吭呢？回去得好好地说说这妮子。

二曼叫住了一个刚从店里出来的胖女人，看来这也是一个赶时尚的女人，二曼望着她的半边绣眉问道，大姐，里面真的免费绣眉吗？

胖女人的脸似乎红了，说了一句你进去看看不就知道了，然后就匆匆地擦身而过了。

有免费的午餐不吃白不吃，二曼这样想着人已经进了店里。

欢迎光临！一个身披鲜红绶带的小姐边说边鞠了一躬。马上又一位漂亮的小姐热情地迎了上来，您好，请上二楼。

二曼怯怯地小声问了一句，真的免费吗？

真的，不会骗您的，上楼吧。小姐的声音亲切而温婉。

二曼的心松了。二曼躺在美容床上时呼吸也平稳了。

先绣左边的眉毛，半个多小时过去了，美容师说，OK，搞定。

二曼赶紧说，老板，我不赶时髦，我两边的眉都要绣。

哦，那好，美容师的话从口罩边上传出来，对了，我们只免费绣一边，另一边是自费的。

二曼的心一紧，颤颤地问，那得多少钱？

美容师放下了绣刀说，不贵，就 1200 元。

二曼惊得坐了起来，还不贵，我在厂里累死累活干一个月才 600 元。当然这话她是闷在心里说的。

二曼跳下了床，趿拉着鞋低着头跑下了楼。楼下厅堂里再也没有进门时的温馨，两边射来的都是冷眼。

二曼刚出门，就有一个戴眼镜的女人拦住她问，大姐，里面真的免费绣眉吗？二曼想也没想就说你进去看看不就知道了。

下午上班时，小琼只扫了二曼一眼，就瞪大了眼睛。

你……小琼说。

你……二曼说。

两个好姐妹就这样你盯着我我盯着你，笑得直揉肚子。

还是那条项链

妻自从嫁给我的那天起就想要一条项链。

每次上街时，妻的眼睛总爱朝那些时髦女人的脖颈上瞟。当看到那些女人颈上或黄灿灿或白亮亮的物件时，妻的眼光总是直直的。我那时很困难，就连结婚的费用也是在亲戚六转中拉扯凑齐的，根本不可能有钱来满足妻想要一条项链的愿望。好在妻是一个贤惠的女人，从不嫌弃我穷，婚后从没有在我面前提过起项链的话题。妻越是这样我越觉得过意不去，那种愧疚感宛若一块石头压在了我的胸膛，几乎成了我的一块心病。

我每次到外地出差，都会鬼使神差般地爱到商场的珠宝首饰柜台转转，每次又总是在昂贵的标价面前望而却步。

一次，我出差北京，在王府井旁的一个仿真首饰店里，看到了一款仿白金项链，样子好看极了，好多人在那儿抢购。一问价格每条只要200元。我心动了有一种如获至宝的感觉。毫不犹豫地买了一条。虽说不是真的，但那装项链的盒子考究而精致：紫色的木匣上雕刻着鸳鸯戏水的图案。打开盒子，里面粉红的金丝绒上躺着一条夺目的项链。

回到家里，我神秘兮兮地把那个紫色的盒子放在桌上，对妻说："看，我给你买了什么？"。

"莫不是项链？"妻一脸的惊奇，好像有感应。

"算你会猜！"我洋洋得意地说。

妻打开盒子，愣了一会儿，脸上没有了刚才生动的样子。"我们现在这么为难，你怎么还乱花钱买这么贵重的东西？"妻开始数落我。

等妻停了下来后，我把真实的情况告诉了她。妻拿出项链捧在手中，喃喃自语道："这怎么会是假的呢……这怎么会是假的呢……你不会……是……骗我的吧？"

我拿出了购物发票给她看，她这才没做声。

"来，我帮你戴上试试。""嗯!"妻竟有点不好意思，脸红红的。

妻白皙光滑的脖子配上这条项链漂亮极了。她在镜子前左照照右照照，从她的眼神中可以看出她非常喜欢。

我怕妻不敢戴出去，就安慰她等我过几年有钱了一定买条真的给她。

"我敢戴，我敢戴。不用真的，就这很好。谢谢老公!"妻说这话时是一脸的真诚。这下轮到我不好意思了。

第二天妻大大方方地戴上项链同我一起逛街。

在商场门口，妻遇到了她的一个好姐妹小曼。小曼看到了妻的项链直夸漂亮，还摘下来在自己的颈上试戴。妻在一旁说："这是我老公在北京买给我的，是真白金的!"

后来妻又遇上了好几个熟人，别人一夸奖她的项链漂亮好看，她都要解释一句："这是我老公在北京买给我的，是真白金的!"我真记不清这句话她一天中说了多少遍。

晚上我对妻说："别人又没有说你是假的，你忙着解释什么? 倒有点此地无银三百两的味道。"

妻振振有词："怕什么，就要说。"

我无语。

这条项链妻一戴就是三年。要说这假作真时也挺真，戴了三年竟然没怎么褪色，还是像真的一样。

三年中我们还清了所有债务，慢慢也有了些积蓄。一次签了一大笔订单，给公司带来很可观的经济效益，公司发给了我 2 万元奖金。我想到的第一件事就是给妻买一条真正的项链。

那天，我到珠宝首饰城花一万多元，给妻买了一条粗壮的纯白金项链。当我把这条亮闪闪的项链交到妻的手中时，妻不是我预料的兴奋，她竟然哭了起来，还一边哭一边在我的胸膛上捶打起来。我要帮她把项链戴上，她不要我帮，自己对着镜子戴上了。戴好后她站在镜子前，自己端详着镜中的自己，好久好久。

我拥过妻说："明天正好是周末，我们上街，让她们看看，咱老百姓也有自己的真项链了。"

"嗯!"妻点了点头。

第二天我在楼下等妻出门，我早已准备好了夸奖她戴上项链真美之类的话。可是等她下楼来一看，她戴的还是原来那条项链。我问她为什么不戴真的，她不说，只说让我自己去猜。

我们在街上漫无目标地闲逛。没想到在商场门口又遇到了妻的好姐妹小曼。小曼看到妻颈上的项链又夸道："你这项链质量真过硬，三年了还这么抢眼。"

妻出乎我的意料说："好什么好，这是假的。是我老公花200元在地摊上买的。"说得小曼一愣一愣的。

后来妻又遇上了好几个熟人，只要有人一夸她的项链漂亮，她都会不失时机地解释一句："好什么好，这是假的。是我老公花200元在地摊上买的。"语气中颇有点自豪感。

我同样记不清这一天中这句话她说了多少遍。

我问妻："你怎么又像这样说，不怕人笑你是假的?"

妻眼睛一眨一闭，撒起娇来："怕什么怕，有什么好怕的?"

"那你以前怎么不这样说呢?"我想摸摸妻子的心。

"不告诉你，就不告诉你。"妻一副撒娇的模样。

我定定地看着妻子，傻傻地笑了。

经理的苦恼

好几年没回乡下的老家了。

不是不想回家，而是很怕回家。乡下的老爸老妈多次打电话要我回去看看，我总是找出一些不怎么成立的理由来推脱，原因只有我自己知道：我怕乡下那些善良的父老乡亲对我的称呼。

在我的家乡，孩子出生后，为了好养活，都习惯取一些很难听很低贱的小名。那小名一叫就是十几年甚至几十年。在乡亲们的头脑中似乎有一个不成文的规定，凡是本村在外谋生的人，不混出点名堂回乡时大家都会叫他的小名。乡亲们最羡慕的是那些有权有势有钱的人，只有当你在外混出了个人样，他们才会喊出从电视里学到的一些时髦的称呼。

我在城里的一家食品加工企业上班，混了好多年我还是那个我。一回家乡纯朴的乡亲们就喊我的小名：癞皮狗。我常常怪老爸怎么给我取了一个这么难听的小名，老爸说，他找算命先生算了，说我的八字太硬，小名越难听越无病无灾，所以取了这么个让我闹心几十年的名字。

人生总有峰回路转的时候，前不久我们单位实行了机构改革，我很荣幸地被任命为了一个部门经理。这样的好事我岂能不抓住，我当即印制了好多名片，上面用红色的大号宋体字印上了我的头衔：丰烟经理。顺便还将我的手机号印在了上面。然后打电话回去告诉我的老爸老妈，让他们在村子里宣传宣传，就说他们的儿子我不再是癞皮狗，而是堂堂的响当当的"丰经理"。

那天老爸又打电话叫我回家，我特地问他宣传得怎么样了，老爸欣喜地告诉我，放心吧，全村的人都知道你已经是大经理了。

我终于可以扬眉吐气地衣锦还乡了。

第二天，我租了一辆黑的士（因为黑的士没有出租车的标志）踏上了回乡的旅程。天气也好像读懂了我的心情一般阳光灿烂。

谁说老虎不吃人

　　我从轿车走出来时还特意正了正胸前大红的领带。环视了一周，好家伙，乡亲们肯定是听了老爸老妈的宣传，知道他们村里的大经理今天回家，都聚在村口迎接着我呢。走在最前面的是一脸红光的村长，他神情激动一把拉住我的手说："癫……"刚说了一个字马上醒悟了，"不对，是丰经理，大家欢迎我们的丰经理回乡看我们来了"。乡亲们拍起了巴掌。接着又有很多人上来与我握手。我不失时机地掏出一大盒名片见人就发。接到我名片的乡亲们像得到了什么宝贝似地，小心翼翼地放在贴胸的兜里。

　　这次回乡让我一下子挣足了面子，出尽了风头。回到单位后我仍做着我这个经理该做的事，好几天还没有从那种大人物般的沾沾自喜的状态中清醒过来。

　　还是随后接到的父老乡亲们的那些电话，才让我明白了我是谁。

　　张大爷老伴生病了，来电话叫我这个大经理帮忙找一个熟悉的医生。

　　王三嫂家的西瓜卖不出去，来电话叫我们单位买下发给职工降温。

　　赵伯伯的儿子考重点高中差几分，来电话叫我找校长开个后门。

　　刘二叔的女儿大学毕业没找到合适的工作，来电话叫我帮他在单位给安排一下。

　　……

　　这些电话最后的一句话几乎一致：你这城里堂堂的大经理，办这点事还不是小菜一碟。

　　我懵了。这是小菜一碟吗？怎么办，怎么办，怎么办……？一番思考后，我制定的对策是，不明确拒绝，含糊其辞地往后拖，拖一天算一天，至于拖的结果怎样，我也不知道。

　　一天，我正在里面的工作间做事。听到外面的一段对话：

　　"请问，你们的经理在吗？"

　　"你找哪个经理？"

　　"你们难道有好几个经理吗？"

　　"我们这里是豆腐加工公司，有黄豆部，有豆浆部，有给水部，还有豆渣部，我们每个人都是经理。"

　　"哦，那你们的丰烟经理在那个部？"

　　"往里走第二间，给水部，他可能正在提水呢。"

　　我早就听出了是我们的村长的声音。我正想回避他，没想到他已经

27

进门来了。我刚才光着上身提水，此时还是满头大汗。

"村长，你找我，有事吗?"我不好意思地用又黑有脏的毛巾擦汗来掩饰我的窘况。

可能是我身上的汗酸味不好闻，村长吸溜了一下鼻子说："村里想修一条路，本来想找你拨点款……唉，算了，还是不麻烦你了……"

"我……我……你……"我嗫嚅着，竟结巴起来。

"好了，提你的水去吧，我走了!"村长意味深长地望了我一眼后，转身给了我一个后背。

我顿时觉得到脸上辣辣的，有一种想哭的感觉。

"完了"我扔掉毛巾，仰天长叹一声"又不敢回家了……"

毫无疑问，我再回家，我那纯朴善良的父老乡亲们，又会喊我癞皮狗了。

电视相亲

溪悦是个其貌不扬的女孩，是那种无论化多浓的妆也谈不上漂亮的类型。溪悦很苦恼，大学4年同寝室的姐妹都谈了一场或多场轰轰烈烈的恋爱，而她却还不知道牵男朋友的手是什么滋味。参加工作进入现在的公司后，她的恋爱记录还是停留在"0"上。

听说电视上正在热播一档相亲节目《心诚则灵》，溪悦犹豫了几天后报了名。她有自知之明，对能初选上不抱多大希望，因为她看了几期《心诚则灵》，发现上节目的女嘉宾都很漂亮。可是出乎意料的是，她竟接到初审通过，近期将参加节目录制的通知。

溪悦买了一身最时尚的衣服，刻意打扮了一番，参加对她来说是第一期的节目的录制。

溪悦不想在电视上露面太久，她想速战速决。这期节目出场的有5位男嘉宾，她竟为其中3位男嘉宾留灯到最后，可是结果却大大打击了她，这3位男嘉宾找出了不同的理由都拒绝了她。

节目录制完毕后，溪悦一个人在电视台招待所哭了一场。她不打算参加第二期节目的录制，她怕第一期的悲剧又再次上演。

第二天，她找到导演说了想打退堂鼓的想法。导演安慰她，相亲有时要靠缘分，现在没牵手成功，只能说明你的缘分未到，还等几期看看，说不定你的缘分就来了。

溪悦想想，也许导演说的是对的。就这样溪悦又连续参加了好几期。但结果是，从没被男嘉宾选为过心动女生，更别说牵手成功，次次留灯最后，都遭到男嘉宾的婉言拒绝。

溪悦再次找到导演说，不再参加下期节目了。导演说，你的缘分说不定就在下期，请再等一期。

这世上的事就是这么巧，令电视机前观众惊奇的是，下一期节目中，溪悦竟然牵手成功了一个高大帅气的男孩，而那牵手的经过，竟然让电视机前的观众和溪悦公司的同事们感动不已。

这期节目中的 2 号男嘉宾，来自首都北京，他上台后，当主持人拿出选号器让他挑选心动女生时，2 号男嘉宾说不走既定程序，他是专程冲着一位心仪的女嘉宾来的。场上的 24 位女嘉宾一听，一个个瞪大了眼睛，都希望自己是那个幸运的女孩。溪悦也一样眼睛放光，摄影师似乎在刻意捕捉溪悦的镜头，溪悦满面笑容的特写头像占满了屏幕。

请大声说出你心中的女神，主持人也用期待的目光看着 2 号男嘉宾。

2 号男嘉宾显然兴奋不已，朗声说道，我是冲着 24 号女嘉宾溪悦来的。

镜头中是溪悦惊愕不已的表情。

主持人问，请问你对 24 号女嘉宾了解多少？

2 号男嘉宾这才展开一幅画册说，这是我自己制作的一幅画册，此前溪悦一共参加了 6 期《心诚则灵》，我在电视上拍摄下了她每一期的照片，我还记录了她每期当中，出镜了几次，每次说的是什么话。下面我将她每一期的情况说一说：第 149 期是溪悦第一次出场，这天她穿的是一件紫色的川久保玲的 cdgplay 套装，共出镜了 4 次，第一次是主持人让她这位新上场的女嘉宾做自我介绍……

在 2 号男嘉宾的介绍声中，镜头切换到了现场的观众，很多观众感动得流下来眼泪……

溪悦的同事们在电视机前也感动得热泪盈眶。特别是那些长相平平的单身男女，大受鼓舞，情绪激昂，都说也要马上去报名参加《心诚则灵》。溪悦的父母在家也看到了这期节目，他们为女儿高兴，灰姑娘也有春天，女儿总算有了爱她的人。

这一期的收视率创下了又一个新高。那几天，商场、超市、菜场等公共场所，好多人谈论的话题是《心诚则灵》。溪悦更是成了名人。

溪悦一回到公司，就被同事们包围了，纷纷祝贺她，要她请客，并要她把那天的经过讲一讲。可是溪悦却没有大家预想的那样眉飞色舞，她很平静地说，你们都在电视里看了，就那样……

回到家中，父亲和母亲迎上来，母亲笑眯眯地看着女儿说，哪天把那男孩子带回家吃顿饭……

溪悦打断母亲的话说，爸妈，你们千万别当真，电视上的那一幕是导演提前编排好了的，我和那男嘉宾只是按要求演一演罢了……

溪悦拿出一叠钱说，爸妈，对不起，让您们失望了，给，这是我演出的报酬，2000 元。

电视台怎么能这样……电视台怎么能这样……溪悦的父亲愤愤不平。

爸，您别生气，就当看娱乐节目，下期还有女嘉宾表演当场晕倒呢，再下期还有男嘉宾表演抱起女嘉宾就跑的呢……

多管闲事

那天，我和妻子带着9岁的女儿虹虹一起逛街。女儿早就想要一台学习机，我承诺她期中考试进入班级前5名，就一定给她买一台最好的品牌机，女儿不负所望考出了第2名的好成绩。我们带着女儿向商场走去，兑现我的诺言。

商场门前是条繁华的街道，人车混杂，交通拥挤。

我们正在路边等着横穿马路时，突然看到一辆小轿车，把一个老头儿刮倒了。老头倒在地上痛苦地扭动着身体，头上血淋淋的。小车没有停下，立即开走了。马上很多人围观上来，但都是看热闹的，没有人出手相救。

这时女儿拉着我的手说："爸爸，我们去救这老爷爷，把他送到医院去吧。"

还没等我说什么，妻子就接过了女儿的话："不能去。这样的闲事管不得！"

"为什么呀？再不送医院老爷爷会死的。"女儿眨着一双大眼疑惑地望着我们。

妻子吼了一句："小孩子，不懂事，就不要多问，等你长大了自然就会明白的。"

"可是，我们老师说，要从小做一个善良的人，要帮助别人啊。去吧，去救老爷爷吧！"女儿稚嫩的童音中明显透着焦急。

我蹲下身对女儿说："虹虹，别急，会有人来救的，我马上就打120和110。"

我掏出手机，拨了120，可是好半天没有任何反应，我再看手机，一点信号也没有，任何电话也打不出去。

这时旁边有人说话了："别打了，我们刚才也打过110，没信号。"

女儿一听，更急了，声音中带着哭腔："爸爸去救救老爷爷吧，爸爸去救救老爷爷吧……"

妻子再也忍不住了，直接告诉女儿："不能救，你一去救，等他家来人了，就会以为是你撞的，到时浑身是嘴也说不清。再说，你送到医院去了，还要帮他垫钱……"

女儿急了，倔劲上来了，不等妻子说完，就说："你们不去我去!"说完就向老头儿躺着的地方跑去。

没办法，也不管妻子反应怎样，我马上跟在女儿后面跑了上去。众目睽睽之下，我也不好把女儿拉回，只好硬着头皮背起了老头儿，向医院跑去。好在医院就在商场对面不远处。

医院让我先交1000元预付款，我急忙辩解："我不是他的亲属，我也不认识他，我是在马路上看见他……"

医生打断了我的话："不管认不认识，人是你送来的，好人做到底吧。"

刚好我身上带着给女儿买学习机的1000元钱，我犹豫了一下，还是交了。

老头儿进了急诊室。我正不知是留下还是离开，一个戴眼镜的中年人走上前对我说："你现在可以走了。请留下你的姓名和地址，明天我们让患者家属上门还你钱。"

这时妻子和女儿来了。妻子说："怎么样?"

"没怎么样，我们可以走了。"

女儿说："爸爸，你真好!"突然女儿记起我们上街的目的，"爸爸，走，给我买学习机去。"

"明天再来。"随后我附在女儿耳边悄悄说，"今天老爸没带那么多钱，钱都给刚才那个老爷爷交了住院费。"

妻子在旁边马上明白了，她数落开了："叫你别多管闲事，你偏要逞能，现在好了，1000元又打了水漂。"

"不会的，刚才有人说，明天叫老头儿家属来还钱。"

妻子嘴角一撇："你好生等着，做梦去吧你，不找你扯皮就算烧了高香。"

晚上，我在书房玩电脑，妻子在卧室打毛衣，女儿在客厅看电视。

突然女儿大声叫我们："爸爸，妈妈，快来看，电视里还在放今天老爷爷的事。"

我和妻子马上停止了手里的动作，凑到了电视机前。

果然，市电视台正在播放老头儿遭撞的镜头：老头儿被撞倒地……很多人围观……我背着老人向医院跑去……我在医院窗口交钱……

镜头播放完后，切换到主持说话："今天，我们奉献给大家的是一期特别节目。节目组策划导演了一场假车祸，在现场屏蔽了手机信号，看看市民们对一位老人被撞后所做出的反应。我们终于无比欣喜地拍摄到了邵火焰先生勇救老人的壮举。为了弘扬见义勇为、乐于助人的崇高精神，我台决定奖励邵火焰先生现金 1 万元……"

在心里下跪

要不是12岁那年打错了针，聋姐一定会出落成一个人见人爱花见花开的漂亮的姑娘。现在聋姐小时候的那种聪明活泼、伶牙俐齿的形象早已荡然无存。聋姐常常是一个人孤独地行走，有时走在马路上，后面的汽车不停地鸣笛，聋姐就是不让路，因为她根本就听不见。

聋姐毕竟是个女人，是女人也就有女人的想法。每当村里有女孩子出嫁时，聋姐虽然听不到迎亲时那悠扬的唢呐声和欢快的鞭炮声，但她能从人们的笑脸上感知到喜庆，从新娘子的羞涩上感知到幸福。

聋姐回家后缠着妈妈大胆地说出了自己的想法：我也要出嫁。

淑英嫂这才发现女儿长大了，真应了那句老话"女大不中留，留下结冤仇"。

晚上，淑英嫂把女儿的想法跟丈夫树墩说了。树墩叹了一口气说，哎，是该给女儿找个婆家啊！树墩躺在床上辗转反侧，揪住他心的是，谁会娶自己的聋女儿呢？

淑英嫂说，我看还是找孙二婶去说说吧，孙二婶做的媒说一家成一家。

孙二婶果然有办法，三天后就带来了喜讯，神仙寨有个叫南强的小伙子，比聋姐大8岁，由于家里穷至今还没说上媳妇，只要不出彩礼，他愿意娶聋姐。

我们不要男方一分钱的彩礼，只要对我女儿好就行。淑英嫂托孙二婶再去跑一趟定下来。

南强来了，和聋姐见面了，两人都同意了。聋姐拿出一大袋喜糖见人就发，嘴里连声说，吃糖，吃糖……

出嫁的那天，身穿大红袄的聋姐满脸都是笑意。

原以为女儿出嫁后，心里的石头落了地，没想到心还是牵挂在女儿身上。树墩和淑英在心里默默祝福女儿将来幸福。

聋姐每次回来，淑英嫂就问她，南强待你怎么样，树墩怕女儿听不见，还把这句话写在纸上，聋姐看了后说，他待我很好啊。树墩和淑英嫂悬着的心才放下了。

门前的桃花开了又谢了谢了又开了，转眼 3 年过去了。3 年中聋姐的肚子毫无动静，南强的却有了很大的变化。南强办了一个山货营销公司，收购山里人采集、种植的山货销往城里，纯天然无污染的农产品很受城里人欢迎，南强公司的生意很好。

南强有钱了，有了钱后的南强西装革履派头十足，人们不再叫他南强而都称他为南总了。人们发现南总和公司里的一个女孩打得很火热，女孩长发飘飘，清纯漂亮。南强经常带着她外出，用南总的话说叫公关，叫开拓市场。有人想告诉聋姐，可是给聋姐说她也听不见。看到南强经常与那女孩出入宾馆饭店，人们还是不忍心让善良的聋姐蒙在鼓里，有人就写了一个纸条给聋姐，把南强的行为告诉了她。

聋姐没有人们预想的那样惊天动地的发作，聋姐看了纸条后紧咬牙关，一言不发，双手捂着脸蹲在了地上。好半天才站起来泪流满面地默默向家里走去。聋姐扑在床上嘤嘤地哭。聋姐很喜欢南强，但聋姐心里也很清楚，自己配不上南强，当初要不是南强家里穷，也不会娶自己这样一个聋女人的……

聋姐想了很多很多，南强说话自己又听不见，成天除了睡觉有身体的接触外，没有一句言语上的交流。聋姐更恨自己肚子不争气，如果能为南强生个一男半女，也有拴住男人的心的纽带啊，现在什么都没有了。聋姐想通了，聋姐不再哭了，她决定等南强回来直接问他，如果南强的确已经心在其他女人的身上，自己就主动离开。

南强回来了。聋姐说，有件事我想听你的真话。南强似乎预感到聋姐已经知道了他的事，南强说，说吧，我一定实话实说。聋姐把她知道的事很平静地说了出来。南强闷头抽了好半天的烟后，找来纸笔，写下了三个字：是真的。

聋姐在流泪，聋姐接过笔在"是真的"三个字旁边，写下了一行字：我们离婚吧，我不想再拖累你。

南强怔怔地盯着那行字，又瞪大眼睛看着聋姐，他有点不相信他盘算了好长时间，怎样把聋妻请出家门的难题，就这样轻而易举地解决了。

南强与聋姐离婚了。

聋姐在心里还是默默祝福南强能与那女孩幸福。可是天有不测风云，南强出事了。南强在外出销货的途中出了车祸，南强的双腿被齐齐地轧断了。南强的天空一下子由阳光灿烂变成了凄风苦雨。发现自己没有了双腿后的南强歇斯底里地痛哭，在南强的悲痛欲绝的哭嚎声中，那个漂亮的女孩断然提出拜拜了。南强几次想到死，但没了双腿连死的办法都没有。南强每天躺在床上痛不欲生。

有人说南强这是坏了心思抛弃聋妻的报应，他们把南强的事告诉了聋姐。当聋姐终于弄明白发生了什么时，聋姐号啕痛哭。聋姐作出了一个让人意想不到决定：和南强复婚，照顾南强的后半生。

树墩和淑英嫂也支持女儿的决定。

聋姐来到南强的床前。聋姐什么也没说，就那样扑在南强身上放声大哭。

没腿的南强在心里向聋姐跪了下去。

瞎妞

瞎妞其实有个很好听的名字：春珍。

瞎妞6岁时，一场眼疾把她拉入了无边无际的黑暗。在瞎妞绝望的哭声中，蓝天白云、青山绿草一下子成了记忆中最美丽的风景。

从此，瞎妞凭声音感知这个世界。清晨听门前树上的鸟韵，黄昏听羊儿归圈的咩声，在屋后小伙伴玩游戏的欢声笑语中分享快乐，在门前大人们家长里短的话语声中咀嚼时光……瞎妞的心渐渐走出了黑暗，瞎妞渐渐有了笑声。

看到女儿的变化，桂叔和田婶的心才有了些许平静。桂叔和田婶下地干活时，把瞎妞一个人放在家中也放心多了。瞎妞坐在门前听公鸡的打鸣，听小狗的汪汪，打发着漫长的一天。

日子就这样平平淡淡地流逝，像门前无声无息的风儿。

不知不觉中瞎妞长大了，长成了亭亭玉立的大姑娘。剔除眼残这个缺陷外，瞎妞其实是一个很漂亮的女孩。

桂叔怕她一个人在家憋闷，借钱买回了一台电视。从此看电视，准确地说是听电视，成了瞎妞每天的精神寄托。瞎妞最喜欢听的是韩剧，经常听着听着就热泪盈眶。韩剧中那些男女主人公的对话让瞎妞耳热心跳，瞎妞的眼前也仿佛能看到男女主人公拥抱接吻时的场景。渐渐地瞎妞会生出一些莫名其妙的烦恼，瞎妞渴望也能有一场荡气回肠的爱情。

夜深人静时，瞎妞的泪打湿了枕巾。瞎妞明白没有人会看上她一个瞎眼女孩，除非是在童话中。但这浇灭不了瞎妞想做一回真正的女人的渴望。

瞎妞真的做了一回真正的女人。

一天，桂叔和田婶都走亲戚去了，把瞎妞一个人丢在家中。半夜有人撬开了瞎妞的房门，摸到了瞎妞的床上。瞎妞惊醒时，那人已压在了瞎妞的身上。瞎妞使劲挣扎，但那人强有力的臂膀按住了她，瞎妞想呼喊，但那人身上散发出的特有的男人气息让她昏眩得张不开嘴。也不知为什么，瞎妞越挣扎越觉得身体里有种东西在滋长，以至于心怦怦地跳得厉害。瞎妞不再反抗了，瞎妞闭上眼睛任由泪水恣意流淌……

那人走的时候，竟然叫了一声：春珍。

瞎妞浑身一震，瞎妞知道他是谁了，瞎妞说了句：你走吧！

也真是奇怪，第二天，瞎妞感到那莫名其妙的烦恼消失了，瞎妞的心情开朗了起来。

桂叔和田婶发现女儿变了，瞎妞的话多了，脸上也有了红晕。渐渐地他们又发现女儿好像病了，不思饮食，还有时呕吐。

桂叔和田婶带瞎妞去看医生。医生的话让他俩险些晕倒，医生说，检查结果，你女儿怀孕了。

回到家中，桂叔暴跳如雷，紧紧地关上门审问瞎妞这是怎么一回事。瞎妞不说半个字，只是嘤嘤地哭。桂叔盛怒之下打了瞎妞一耳光。桂叔说，你说出来，我饶不了那个畜生，我要让他坐牢！

瞎妞依然像刘胡兰一样就三个字：不知道！

见问不出什么，桂叔改变了决定：明天就去医院打掉这个孽种！

没想到瞎妞坚决地说，不，我不去，我要把这孩子生下来。

桂叔怒火万丈，也不管外面的人听不听得见，吼道，那你就去死吧！

死就死！瞎妞一头向墙上撞去。幸亏田婶在前面挡着，她一下抱住了女儿。田婶也吼道，你想逼死女儿啊？

桂叔捶着自己的头，蹲在地上呜咽。

瞎妞的肚子一天天大了起来，村里人也知道了瞎妞的事。桂叔田婶每天面对着村里人意味深长的目光唉声叹气。

日子总还得慢慢向前过着。瓜熟蒂落，瞎妞生下了一个大胖小子。

孩子太逗人喜爱了，孩子带来的欢乐像一缕缕阳光驱除了一家人心理上的阴影。当孩子会喊妈妈、爷爷、奶奶时，一家人笑眯了眼睛。

桂叔说，要是有钱把我家瞎妞的眼睛治好那该多好啊！

孩子5岁那年，这个愿望竟然变成了现实。瞎妞收到了一笔从深圳汇来的20万元巨款。汇款人附言上写着：北京一家眼科医院能治好你的眼睛。

任凭桂叔田婶想破脑壳，也想不出汇款人是谁，他们怀疑是不是别人寄错了，紧盯着汇款单上收款人栏里的"桂春珍"三个字不眨眼，又掐了掐自己的大腿，确认不是做梦，是千真万确的。

桂叔和田婶带瞎妞来到了北京，找到了那家医院。瞎妞重见光明了。一家人抱在一起嚎啕大哭，喜泪飞扬。

瞎妞的生活充满了阳光。

桂叔想找到那个汇款的好心人，可是想尽了办法也无从查起。桂叔只有在心里默默祝福好人一生平安。

一天，桂叔接到了一个从深圳打来的电话，是一个男人的声音：桂叔，我要娶春珍，请叫春珍听电话。

桂叔一怔，桂叔把电话给了瞎妞。

春珍！电话那头刚叫了一句，瞎妞就泪如泉涌。是那个在她心中埋藏了 6 年多的声音。

春珍，可苦了你了，原谅我吧，嫁给我吧……那个声音在说。

谁，是谁？桂叔和田婶奇怪地看着瞎妞握着话筒在哭。

瞎妞抱过儿子，对着话筒说，儿子，快叫，快叫爸爸！

一旁的桂叔和田婶什么都明白了，他们同样热泪飞扬。

让儿子飞

在神仙寨只要提起老刘的儿子阿刚和老西的儿子阿阳，人们就会唏嘘不已、感慨万千。

老刘很有钱，但在村里却抬不起头来。这不怪老刘，这怪老刘的儿子阿刚。这几年老刘做服装生意赚了钱，用老刘的话说，赚了钱又做什么呢，还不是为了儿子。然而，阿刚这小子偏偏就不好好念书，也不知从什么时候开始喜欢上了唱歌，偏偏他的歌也唱得很好，那略带沙哑的磁性音质很中听。也不知他从哪里搞来了一把破吉他，就那样学着自弹自唱，居然还像模像样。每逢学校有文艺演出，就是阿刚出风头的时候，他那声情并茂的演唱总会赢来经久不息的掌声。

可是阿刚文化成绩却越来越差，高考时连专科线也没达到。阿刚抱着吉他不辞而别离家出走了。

老西没钱，可是老西却抬头走路。这得归功于老西的儿子阿阳。阿阳与阿刚同一年参加高考。巧的是阿阳偏偏也喜欢唱歌，而阿阳的文化成绩却很好，阿阳轻而易举地考上了省城的音乐学院。

村里人把阿阳和阿刚一对比，得出结论是：老刘会赚钱但教子不严，老西穷点但教子有方。每逢村里人谈起阿阳是村里走出的第一个大学生时，老刘就会耷拉着脑袋，像欠了别人的钱似的默不作声，老西却眉开眼笑头昂得高高的。当阿阳把那大红的烫金的录取通知书递到老西手上时，老西兴奋得像个孩子，连额上的皱纹里盛满的也是笑意。可是当看到那随通知书一起寄来的"入学须知"时，老西脸上的笑容僵住了。"入学须知"上写得清清楚楚：学杂费及其他费用一共21000元。老西明白，这还不包括生活费，要包括生活费在内每年至少要得3万多元。

晚上，老西和老伴盘算开了，老两口农忙种田农闲卖工，每年也只有15000多元，就算不吃不喝全给了儿子，也还差一半。以前总叮嘱儿子要好好学习将来考上大学，现在儿子考过关了，到了该考老子的时候了。老西打定了主意，就算债台高筑，就算砸锅卖铁，也要把儿子送进大学。老西和老伴把亲戚朋友都过滤了一遍，敲定了借钱的对象。

总算凑齐了报名的费用。老西和老伴把阿阳风风光光地送进了大学。

老西和老伴每天就像一只陀螺，不停地在家里，田里，工地上旋转。老两口省吃俭用，生病了也硬撑着，老两口把辛辛苦苦赚来的钱都交给了儿子。阿阳是他们的精神支柱，想想儿子大学毕业后说不定就会成为闻名全国的歌唱家时，老西风里来雨里去却不知道什么叫苦。到了阿阳读大四时，为了凑齐学费，老西将耕牛也卖了。

四年的时光一晃而过。阿阳大学毕业了，老西曾无数次憧憬的美好日子就要来临了。只等阿阳找到了工作，当上了歌唱家，就可还清几万元债务，一家人过上舒坦的日子。老西在睡梦中也笑醒了。

可是这世上的事偏偏就不如人意，很快老西就笑不起来了。阿阳毕业后找工作四处碰壁，他学的是民族唱法，连那些夜总会也只要流行唱法的歌手，他的所学根本没用武之地。

老西急得嘴唇干裂也无济于事。

一直郁闷的老刘，看到阿阳读了一场大学最终却是这样一个结果，心里才稍稍好受了一些。但看到老西蔫蔫的样子，老刘心里又难受起来，老刘动用关系为阿阳找了一份在乡中学当音乐代课老师的工作，每月工资600元。

阿阳唉声叹气，他想不通，16年的寒窗苦读就是这个结果吗？就这每月600元的工资，猴年马月才能还请欠债啊！

看到阿阳的样子，老刘想到了自己的儿子阿刚。这几年，这小子也不知在哪里混日子，每年都是空手回家没见赚回一分钱。问他做什么时，他说在外流浪。还说到时会给你们一个天大的惊喜的。

老刘一直在等儿子的天大惊喜，可是今年不仅没见半点惊喜，一年快完了连儿子的踪影也不见。

腊月三十的晚上，老刘和老伴只好冷冷清清地看春晚打发时间。看到电视里那些老面孔在那里扭腰翘臀地演唱时，老刘想到了老西的儿子阿阳，这孩子的歌唱得比电视里的好多了，为什么没人给他一个脱颖而出的机会呢？

春晚的节目还在继续。一个歌手出场了，那歌手一亮相，老刘就瞪大了眼睛，那歌手太像自己的儿子阿刚了。接着主持人介绍，现在上场的就是我们的草根歌手阿刚，他在地铁通道里演唱了4年多，今天我们把他请上春晚，他将给我们奉献一曲《春天里》。

阿刚一边弹着吉他，一边深情地演唱………

电视里现场观众听得如醉如痴，电视机前老刘和老伴听得热泪飞扬。直到电视里掌声雷动，阿刚下场了，老两口还沉浸在儿子那优美的歌声中。

第二天神仙寨沸腾了。乡亲们上门恭贺来了，乡政府的领导看望来了，电视台的记者采访来了……

阿刚一夜之间红遍了大江南北。

老刘的头终于抬了起来。

老西的头却低了下去。老西担心儿子能否承受得住这巨大的反差。

第二天在大年初一的鞭炮声中，老西的担心变成了现实：阿阳抱着一把吉他离家出走了，走向了北京的地铁通道………

车 祸

女人的生命之灯快油干亮熄了。

女人这是一生中第一次走出大山。小小的县城在女人的眼中竟是那样的繁华，看什么什么觉得新鲜。可是女人不是来游玩的，她是在男人的陪同下到县医院看病的。女人本不想来，是男人非要她来的。女人满以为看看门诊，开点药回去吃吃就没事了，可是医生说那不是一时半会的事，要住院观察几天。女人拗不过男人，只好极不情愿地住了下来。

那天，女人上卫生间回来，路过医生办公室，听到医生和她男人说话的声音，好像是在说她的病情。女人停下了脚步。

你女人的病很严重，要尽快做手术，做了手术可以活个三五年，不做手术恐怕挨不过下个月。

那做手术得几多钱？

大概三到四万吧。

女人没再听下去，只觉得头里面嗡嗡地在响，胸口也闷了起来。女人没让自己倒下，扶着墙壁才慢慢挪回了病房。

躺下后，女人只觉得头脑里一片空白，就那样瞪大眼睛呆呆地望着天花板。

一会儿男人进来了，在笑。我问了医生，医生说你这病不要紧，动个小手术就没事了。

女人将眼光转向了男人，她从男人的眼睛里看出男人不是在笑是在哭。

飞儿他爸，我们……不治了……回家……吧……这医院住不起……回去找村里的……赤脚医生……打点吊针算了。

女人的眼睛红红的，不时伸出舌头舔舔苍白干裂的嘴唇。

怎么能一有病就不治了呢，你不想看飞儿娶媳妇给我们生个胖孙子？

男人扶女人坐了起来，倒了一杯水递给了女人。

提到飞儿，女人的心一紧，那是他们的独生儿子。女人和男人一生勤扒苦做，农忙时在田里插秧割谷，农闲时在山上侍弄果树，一年到头很少有清闲的日子。本来一心想把儿子培养到大学，就连取名字叫飞儿也是希望他将来飞出大山。可是儿子不争气。初中读完后打死也不愿再读，又不想在家吃苦，从家里带钱出去在外面折腾，一时要钱学美容美发，一时要钱上驾校，一时要钱开服装店……男人和女人溺爱儿子，只要儿子开口几乎没有不满足的。几年下来，家里的老底快掏空了，还哪里有钱治病。

唉……女人长叹了一口气。男人哪里看的出女人在想什么，仍在那儿憧憬着未来。女人只看见他的嘴在动，至于说的是什么，她一句也没听进去。女人已下决心不治了，她在打着她自己的算盘。儿子不成气候但总归是自己身上掉下来的肉，自己死了以后要安葬，无形中会给他们带来几千元的债务。

飞儿他爸，我已决定了不治，我们明天就回家吧。男人生气了，很坚决地说，在这病上我当家，钱的事不要你操心，你安心养病就行。

女人望着男人，泪不由自主地流了下来。女人知道说服不了男人，女人突然想到了死。村子里那些想不开的人要死就会去喝农药，也去喝农药吧，女人在心里自言自语。就这样死了，一了百了了吗？女人似乎又觉得很不甘心。倒不是怕死，因为她又想到了她死后给男人和儿子增加的负担。蓦地，女人想起了电视里说的一件事。有个在城里拾垃圾的老汉，过马路时被一辆违规行驶的汽车撞死，司机赔了20万才了事。

想到这里，女人只觉血朝上涌，明显感觉到脸上烧烧的，心也一下活起来了。我要也有这20万……女人突然有了一种幸福的感觉。

不能迟疑，病不等人。女人想见儿子一面后就去实施她的幸福的计划。

飞儿他爸，我想见见飞儿。女人望着男人，表情生动了很多。

好吧，我这就去打电话叫儿子回来。男人以为女人同意治疗了。

可是连续几天儿子的手机都关机。男人就天天打，那天终于打通了，儿子说过几天就到医院来的。

又是好几天过去了，儿子仍然没来。医生也催过几次要赶快做手术。女人不同意，说要等儿子来。女人感觉到自己越来越不行了，好像随时会死去。女人决定不等儿子了。

那天，男人回山里老家借钱去了，女人抓住了这个空当。

病恹恹的女人就那样走出了医院咬着牙慢慢走过了几条街。女人来到了有红绿灯的十字路口，等在了人行横道边。女人看过电视的，她知道只有违章的车撞了才能赔多些的钱。女人在等待时机。女人就那样站在那儿，几乎快站不住的时候，突然发现左边有辆黑色的小车闯红灯向这里驶来。女人也不知哪里来的那么大的力量，迅速起步穿越人行横道……

飞起来又落下去的女人，在笑。

血，流到了睫毛上，流到了眼睛里，流到了胸前。女人的意识还很清楚。女人听到了有人在惊叫，撞人了，撞人了。透过被鲜血打湿的眼睛，女人看到小车上下来一人惊慌失措地向她走来。

女人使劲眨了眨眼睛，惊呆了。待那人低下头来查看她时，女人就那样惊叫一声，一口血喷在了那人脸上……

那是她的飞儿，今天借了一辆车到医院来看她的。

哑 叔

生产队分给哑叔的任务是看山。

半山腰有座小平房，哑叔就住在这里。每天与哑叔相伴的还有他的那条狗啊啊，白天哑叔就带着啊啊巡山，晚上啊啊就睡在哑叔的屋门外，只要山上一有动静，啊啊就会狂吠报警，并去拉扯哑叔的被子，惊醒的哑叔就会翻身爬起，绰起钢叉，摁亮手电筒，让啊啊带路向山下冲去。冲到山下时那些盗树贼早已跑得无影无踪。有啊啊在，那些贼娃别想躲藏。有时遇到个别不信邪的，偏偏不跑远就躲藏在黑暗处，啊啊就会冲过去扑向贼娃，吓得贼娃哭爹叫娘，乖乖地暴露在雪亮的手电筒光下。

春天的时候，生产队放宽了政策，允许人上山采蘑菇。一场小雨过后，上山的人就多了，上山采蘑菇的多半是妇女，但也有不遵守游戏规则的男人，乘机盗挖珍贵的树苗。发现几次后，啊啊也学精了，见到女人不叫，见到男人就汪汪大叫。

采蘑菇的女人中，杏桂嫂上山是最勤的。杏桂嫂结婚3年了还没怀上孩子，杏桂嫂很着急，她听人说有一种蘑菇治疗不孕不育症很有效，这种蘑菇很稀少，但在山上仔细搜寻还是能找到的。

当哑叔知道杏桂嫂爱采那种蘑菇时，他巡山时要是发现了那种蘑菇，他就会采下留给杏桂嫂。

那天，杏桂嫂在山上转了大半上午，也没采到一朵，杏桂就向哑叔的护林小房走去，看看哑叔帮她留着没有，杏桂嫂进去等眼睛适应了光线后，看到了让她耳热心跳的一幕，哑叔赤身仰躺在竹床上，啊啊很亲热地上来在她的脚边绕来绕去，绕得杏桂嫂心里痒痒的。哑叔那强健的男性身体让杏桂嫂发呆，好半天她才回过神来，杏桂嫂这才红着脸慌忙离开。也真是巧得很，这时哑叔刚好醒了，醒来的哑叔看到了杏桂嫂，眼睛突然放出光来，他冲过去把杏桂嫂抱进了屋里，杏桂嫂竟鬼使神差地没有呼救反抗……杏桂嫂从哑叔那里，得到了在自己的男人那里从来没有得到的体验，她不由自主地发出了"啊啊"的哼响，啊啊以为是在叫它，竟那样摇头摆尾地围着床转开了。

杏桂嫂怀孕了。杏桂笑眯了眼睛，逢人就说那蘑菇果真很有效果。

哑叔好长时间没见杏桂嫂上山，有天还亲自把蘑菇送来了，杏桂嫂望着哑叔打着手势，先拍拍自己微微隆起的肚子，再摇摇头，好半天才让哑叔明白了，她已经怀孕了再也不需要那蘑菇了。哑叔把蘑菇扔在了地上，很失望地走了。

哑叔依旧每天带着他的啊啊巡山。

起先人们对于蘑菇能治不孕不育只是将信将疑，现在有杏桂嫂这么个活生生的例子摆在这儿，相信的人就多了，周围十里八乡结婚几年没生育的女人就经常上山去采。好多女人采摘了几次后就真的怀上了，那些没怀上的上山就更勤了。

有的女人吃了蘑菇后虽说一直没有怀上，但家人发现每次上山回来后都精神焕发神采奕奕，虽说肚子没有变化，但说明蘑菇很有营养。

杏桂嫂的变化很大，成天笑呵呵的，杏桂嫂已经做妈妈了，她生下了一个大胖小子，杏桂嫂给孩子取名林生，名字的含义只有杏桂嫂心里明白。

很快杏桂嫂就笑不起来了，杏桂嫂发现林生长得越来越像哑叔了，发现林生长得像哑叔的人不止杏桂嫂一人，村里的人都发现那孩子几乎是和哑叔一个模子里刻出来的。

风言风语顿时像大海涨潮，将杏桂嫂和她的家人淹没其中。杏桂嫂的丈夫对她大打出手，孩子也跟着遭殃。

杏桂离婚了。

一石激起千层浪。人们很快明白了事实真相。接着遭殃的就是周围十里八乡的那些采食蘑菇怀孕的女人……

山还是那座山，可是人却不再是那个人。哑叔一下子被推上了舆论的风口浪尖，成了众人唾骂的对象。一天夜里哑叔的啊啊被人毒死，第二天哑叔的腿又被人生生地打断了。

哑叔从此拖着他的那天断腿艰难地生活着。

两年后哑叔生了一场大病离开了这个世界。

青山依旧。那阵阵松涛呜咽着，似乎在向这里的人们倾诉着什么……

今晚你把门留着

山琴嫂是个响挂的人，走到哪里哪里就热闹。

埸里人都说牛绳这伢有福气，也不知是上辈子烧了什么高香，摊上了山琴这么个好媳妇。

山琴嫂的脾气很好。埸里人有时跟她开玩笑，即使过分了点她也不会见怪，顶多嗔怪地回一句：去你媳妇的吧！

山琴嫂有女人味，白白净净的脸透着妩媚的红润，肩圆，胸挺，腰细，是城里女人难以装扮出的一种健康美。

山琴嫂很惹眼。有人就笑牛绳说，牛绳啊你媳妇这么好看，你可得守住啊，可别让偷腥的猫叼走了。

牛绳嘿嘿地一笑说，放心吧，我的媳妇我心中还没数吗？叼不走的。

牛绳很清楚山琴的底性。牛绳和山琴是初中同学，从恋爱到结婚，山琴对他一直很好。别看山琴嫂平时在那些男人面前嘻嘻哈哈，红杏出墙的事她是做不出来的。

尽管牛绳愿意总守在山琴身边，但家里那两亩地容不下两个人。家里的两位老人身体也不好，经常要打针吃药，两人结婚时扯的债也尽快要还上。

牛绳和山琴好好温存了一晚上，第二天牛绳就和埸里的男人一起踏上了去武汉打工的征程。

山琴嫂比以前忙多了，白天要侍弄田地，晚上要照料老人。

但山琴嫂依旧是那样乐观，依旧很自如地应对人们的玩笑。

元焰是埸里的赤脚医生，经常上门给山琴嫂的公公婆婆看病，和山琴混得很熟。有天元焰开玩笑说，山琴嫂，牛绳哥不在家，晚上你一个人睡不寂寞害怕吗？要不要我陪？

怕你媳妇个头，陪你媳妇个脚。山琴嫂笑着回敬了一句。

晚上山琴嫂怀抱着枕头，怎么也睡不着。说真的，她还真有时候寂寞害怕。元焰的话让山琴嫂想起了自己的男人，想起了牛绳在睡觉时说的那些亲热的话，做的那些亲热的事。山琴嫂就觉得燥热难耐，浑身麻酥酥的好难受，巴不得男人马上回到身边。掐指算算，牛绳已走了五个多月。

日子还得不咸不淡地过着。山琴嫂渐渐地有些不开心。牛绳一分钱也没捎回，家里过年留下的那点钱打针吃药买化肥农药早用完了。最闹心的是一个债主也上门要债了。山琴打电话给牛绳，牛绳说工头没发钱，工钱要年底一起结。

只有拆东墙补西墙了。山琴想起了元焰，就去找元焰借借。

元焰见山琴主动找他，开玩笑说，找我去陪你吗？好，今晚你把门留着，我一定去。

想得美，山琴嫂的脸一下红了，别开玩笑了，我找你有正经事。

听完山琴嫂的话，元焰很爽快。在递钱给山琴嫂时，又开起了玩笑，今晚你把门留着，我去找你。

晚上，山琴嫂紧紧地栓好门后还不放心，又找了一根木料顶在了门栓上。他怕元焰真的来了。

第二天，山琴嫂下地时在塆头遇到了元焰，山琴嫂先开起了玩笑，你说话怎么不算数？我昨天留着门却不见人啊！

这回倒是元焰不知所措了，就那样望着山琴嫂愣愣的，他猜不透山琴嫂说的是真话还是假话。

好半天元焰才回过神来说，今晚你把门留着，我一定去！

半夜时分，元焰真的去了。他轻轻地一推门，门就开了。元焰蹑手蹑脚走向山琴嫂的房里时，心咚咚地跳，呼吸也急促起来。床上的山琴嫂发出轻微的鼾声，元焰摸上床小心翼翼地躺在了山琴嫂的身边。山琴嫂醒了，发现身边有些异样，刚要喊叫，元焰捂住了她的嘴在她耳边小声说，别出声我是元焰。

黑暗中的山琴嫂脸腾地红了，心也咚咚地跳了起来。她也不知道自己为什么竟鬼使神差地没有关门。山琴嫂把元焰往床下推，你走……你不能这样……我不能……

元焰一下紧紧地抱住了山琴嫂。山琴嫂在使劲挣扎，但那久违了的男人气息熏得她晕眩……

元焰走后，山琴嫂清醒过来。我这是怎么了？我怎么做了对不起牛绳的事？山琴嫂陷入了深深的自责中。她抽打了自己几耳光后，嘤嘤地哭到了天亮。

埗里人渐渐发现爱说爱笑的山琴嫂话少了，人也瘦了好多。有人就开玩笑说，山琴嫂你是不是想我牛绳哥了？

这话以前也有人说过，山琴嫂没什么感觉，现在一听心里却在隐隐作痛，山琴嫂越发觉得自己愧对牛绳。

山琴嫂提不起精神，山琴嫂病了。婆婆叫来元焰给山琴嫂瞧病，山琴嫂拒绝了。

山琴嫂不是那种水性杨花的女人，牛绳在外辛辛苦苦，自己却……虽说跟着牛绳没享什么福，但她很爱牛绳，现在出了这样的事，她觉得怎么也不能原谅自己。

山琴嫂开始失眠。埗里人看到山琴嫂一天天憔悴下去。

婆婆要打电话叫牛绳回来，被山琴嫂制止了。

那天，山琴嫂恹恹地躺在床上，镇派出所来人了。

埗里人不知道派出所的人和山琴嫂说了些什么，只知道山琴嫂找到元焰借了钱，上了一趟武汉。人们发现山琴嫂从武汉回来后，病突然一下全好了，人也有了精神，脸色也慢慢地红润了，又像以前那样爱说爱笑了。有人就开玩笑说，山琴嫂你到武汉是去会牛绳哥的吧？看来男人会治病啊，你只会了一次病就全好了。

其实，山琴嫂心里明白，她到武汉是去取人的，牛绳嫖娼被抓，交了 3000 元的罚金才放的人。

捡来的媳妇

南山捡回了一个女人。

南山发现那个女人时，女人蜷缩在街角瑟瑟地发抖。南山走上前时，女人用惊恐的眼神望着他。女人的脸脏得看不出本色，乱糟糟的头发上粘着一些草屑。南山蹲下来问，你冷不冷？女人抹了一下眼睛，嘴里吐出了啊啊的声音。

南山还想问什么时，旁边一个捡垃圾的老头说话了，你就别问什么了，她是个苕，在这儿好几天了。

南山动了恻隐之心。

南山从口袋里掏出一个烤红薯递给了女人。女人接过去大口大口地吃着。等女人吃完了南山又问，你愿意跟我一起走吗？女人的头点了点，嘴里发出的依旧是啊啊的声音。南山扶起了女人，牵着她的手带回了家中。

看到南山带回了一个脏兮兮的苕女人，村里的人说，南山你莫不也是个苕吧，你还嫌上女人的当没上够吗？你是不是想女人想疯了？

这些话触到了南山的痛处。南山家里穷，三十多岁了还是庙上的旗杆独一根。两年前有个外地的女人昏倒在南山的屋门前，南山把她抱进屋里又是掐人中又是喂开水，女人才睁开了眼睛。后来女人说她是逃婚出来的，不想再回去。南山问她打算去哪里，女人说是南山救了她的命，她现在哪儿都不想去，就要住在他家。南山说，我是一个寡汉条子，你一个女人家住在我这里怕不算好吧？女人说，那我就嫁给你好了。

女人果真和南山睡在了一起。南山不想委屈了女人，他在亲戚六转中借了些钱，又拿出自己几年的积蓄，想给女人添置些衣物，置办几件家具，但被女人否定了。女人说，这些钱暂时留着，等我俩好好干几年后，再凑在一起把房子翻盖翻盖。南山感动得想哭。

谁知一个月后他真的哭了。那天，南山进山打柴，傍晚回家时，家里冷冷清清，女人消失得无影无踪，同她一起消失的还有他的那些钱。后来听说周围的村子里也发生了同样的故事。南山这才知道他们遭遇的是一伙婚姻骗子。南山咬牙切齿了好长一段时间，心里才慢慢平静了些。

村里人的话让南山打了一个激灵，南山暗暗在提醒自己，千万别又中了女人的苦肉计。但南山马上又想起了那个捡垃圾的老头说的话，她是个苕，在这儿好几天了。南山想，这绝对不会是为我特设的局。

南山也不管别人怎样嚼他，南山有自己的想法，说我想女人就想女人，我一个光棍讨不上媳妇粘不上女人，难道连想也不要我想吗？南山就想留下这个苕女人，晚上挨自己睡睡觉也好。

南山就去找村主任。村主任说，好吧，那你就先到派出所去上个户口。

南山拿着村里的接收证明，当天下午就到派出所落了户。南山给女人取了一个很好听的名字：冬花。

晚上，南山烧了一大桶热水，把冬花按在脚盆里给她洗了头洗了澡。南山在给冬花洗澡时，抚摸着她的身体，心里一直是痒痒的，南山努力控制住了自己的冲动。南山惊奇地发现，洗干净了的冬花是一个很漂亮的女人。南山把冬花抱到床上去时，柔柔地问，你愿意跟我睡觉吗？也许是前世注定了有这个缘分，冬花竟嘿嘿地笑了，嘴里啊啊有声。

南山拥着冬花拉灭了电灯。南山把男人的阳刚和温柔倾注在了冬花身上。

第二天，当南山一手扛着锄头一手牵着冬花出现在村里人的面前时，人们的眼光都直了。冬花穿着那个骗子女人留下的旧花袄，长长的头发经南山梳理后，用一根红布条绾在脑后，竟显得是那样地妩媚。村里人说，你小子有眼劲，怎么知道这个苕女人长得这么好看呢？

南山马上警告他们，再别苕女人苕女人地叫，她有名字的，她叫冬花。有人就当堂叫开了：冬花冬花冬天的花……那念叨的节奏就像敲锣，惹得人们哄堂大笑。

南山真心实意地爱护着冬花。第二年春天，冬花的肚子大了起来。怀了孕的冬花在南山的调教下，竟然有了变化，能自己洗脸洗脚了，南山弄饭时她会烧火了，邻居家的鸡跑到了自家屋里，她知道往外赶了。晚上，冬花还能坐在南山旁边陪他一起看电视了。有时南山高兴，她也跟着咧着嘴嘿嘿嘿嘿地笑。

有天晚上看电视，南山惊奇地发现，有则寻人启事上一个女人的照片很像冬花，启事上说，寻找走失了半年多的弱智的女儿，南山瞪大眼睛细看，启事上描述的衣着与她发现冬花时的衣着一模一样，看来冬花就是启事上那个要寻找的人。南山兴奋地记下了联系电话。

第二天，南山就把找到了冬花娘家人的消息和村里人说了。看着南山激动的样子。有人泼了一瓢冷水：你不能联系她娘家的人，你想想，联系上了后，她娘家来人要把她带走了，你不就没了媳妇了？

南山不是这样想的。南山同情冬花，南山也同情冬花的父母，冬花的父母不见了自己的女儿该是多么着急啊，做人要厚道，不能只想着自己。南山到村主任家里打通那个电话。

冬花的父母来了，是开着小车来的。冬花果真是他们走失的女儿，冬花的母亲抱着冬花嘤嘤地哭。村主任向冬花的父亲介绍了南山和冬花的情况。

冬花的父亲上前紧紧地拥抱了南山，然后对他说，我在城里还有栋房子，是专门留给我的女儿女婿的，你们明天就搬过去。

南山憨憨地说，我……我……到城里没事做啊！

怎么没事做呢？我的公司就需要你这样的好人，我的女儿也需要你，我那即将出生的外孙也需要你啊！

这时大家才知道，冬花的父亲是一个知名企业的董事长。

村里人都说，这狗日的南山有福气。

那是镇长

我们镇新调来了一位镇长。

按说这与我这个平头百姓毫不相干，我也没有必要提及，因为不管是张三当镇长还是李四当镇长，我总是在家里种那几亩薄田。但这回可不同了，原因是我长得太像我们的镇长了。那天当有人告诉我这个消息时，我根本上就不相信，可是当天晚上看电视时不由得我不瞪大了眼睛，电视上那讲话的镇长与我仿佛是一个模子里刻出来的，就连儿子看了电视后也直嚷嚷，快看，爸爸，爸爸上了电视了。以至于我曾暗暗想到，是不是我老爸年轻时在外面做了什么对不住我老妈的事，抑或是我老妈生下双胞胎后把其中一个送人了。

可惜，猜测归猜测，事实上镇长跟我没有任何关系，我从镇长那里得不到半点好处。

很快我就发现我错了，而且大错特错。

那天，我多年不见的几个同学到家里来看我，毫无疑问我该好好招待招待他们，我把他们带到了镇上最豪华的虹雨酒楼，点的好菜，喝的好酒，尽管我嘴上说吃好喝好，但心里却暗暗在痛，我估计那一桌最少得600元，这可是我辛辛苦苦半亩田做一季的收入啊。

当我到收银台结账时，刚好老板从外面回来了，看到我后点头哈腰地连声叫我镇长，还大手一挥说，对不起，怠慢您了，今天算我请客，感谢镇长关照小店。说得我的那些同学一愣一愣的，说我当了镇长也不言语一声。我感觉到很受用，鬼使神差地我竟没有去解释。

送走了同学后，我一个人走在了回家的路上，想想酒楼里的那一幕还觉得好笑。这时有一个人停下摩托车拦住了我，同样是点头哈腰地叫我镇长，说正准备去找您没想到在这儿遇上了，还把一个鼓鼓的大信封塞在了我的口袋里。我刚准备说你弄错了，那人丢下一句"请镇长关照"

的话后，骑上摩托车一溜烟地跑了。我打开信封一看，好家伙，里面是一沓钱，回到家我数了数整整 5000 元。

我有点害怕，不敢拿这钱，我想还给别人。可是，我又不认识那人，叫我往哪儿还呢。我也不敢动用那钱，只好把它锁在了柜子里。

真没想到第二天上街，又有一件好事等着我。我在超市里买东西，刚转过货架角，一个漂亮的女孩塞给我一张纸条，什么话也没说，转身就走了。我打开纸条，上面是一行清秀的字迹：你的手机关机了，发短信你也没回，今晚 10 点我在山河宾馆等你。

晚上我进行了激烈的思想斗争，去还是不去？最终我还是抗不住诱惑决定去，但遗憾的是刚准备出门时，接到岳父的电话，说岳母生病了要我和老婆马上赶过去。虽说山河宾馆没有去成，但想想那女孩的模样心里还是颤颤的很有滋味。

随后的一段时间我不敢上街，一上街总有人喊我镇长。但总不能老呆在家里吧，街还是时不时要上的。一天，我正在街上吃早点，来了一个人揪住我，要我到派出所，说我诈骗。我一看是虹雨酒楼的老板。我跟着他来到了派出所。刚进派出所大院，那些警察都把我当成了镇长，争着上来与我握手。虹雨酒楼的老板说我诈骗时还没有人相信呢。巧的是这时镇长刚好到派出所来了，大家看到我俩都目瞪口呆，连说，像，像，像，真是太像了。

我接受了派出所的处理，付清了那次的酒钱。临走派出所领导教育我：当别人把你当成镇长时，不要以为自己真的就是镇长，要注意维护领导的形象。我连连点头。

我也觉得自己愧对镇长，暗中收了镇长的钱，还险些玩了镇长的女人。我决定要做一件好事来帮助镇长树立高大的形象。

防汛期到了。几天的大到暴雨，我们镇的冯家墩大堤到了警戒水位。我报名上堤加入了抗洪防汛的队伍。那天大堤出现了意外的险情，我第一个跳入水中，随后很多人跳了下来，我们打木桩，筑沙袋，奋战了 3 个多小时，才把险情排除了。刚好这天镇电视台的记者在场，我在水中打木桩筑沙袋的情景悉数被记者摄入了镜头。

我想，希望派出所的领导能看到电视里的我，这次我可是在用实际行动维护了领导的形象啊，但愿大家把我当成镇长，也算我对镇长的一点弥补。

第二天，派出所真的来人了。他们二话不说带走了我。在派出所里我才知道他们带我来的原因，他们说我头天在县城嫖娼拒捕要对我罚款。我连呼冤枉，他们让我看了一段县治安大队传来的宾馆的录像，说，你可看清楚了，录像里那跳窗逃跑的人你敢说不是你吗?

我瞪大眼睛细看，果真与我一模一样。马上我就明白了是怎么一回事。我刚想申辩，派出所领导严厉地制止了我。警告我说，不要乱说，我们已请示了镇长，镇长说，罚款5000元即可结案。

幸好那5000元我分文未动，我连那个信封一起交给了派出所。

回到家，我的心里平静了很多，总算对得起镇长了。但，当晚上看了电视时，我更觉得我不再欠镇长什么了。

电视里正在播出头天的抗洪抢险的新闻:昨日，我镇冯家墩大堤出现了险情，镇长奋不顾身地带头跳入水中，打木桩筑沙袋……

一旁的儿子问，爸爸，那水中的人是你吗?

不是，那是镇长!

塞翁失马

写了十几年的小说，总算有了点成绩，我的小说集《真正的男人》终于出版了。

正当我陶醉在作家的感觉里时，老婆发话了："女儿的大学到底读不读?"

"读，怎么能不读呢。"我回过神来了。

"读读读，你说得轻巧，哪来钱报到?"老婆冷着脸紧紧地盯着我。

我理直气壮："那八千元钱，不是在你的卡上吗?"

老婆的声音高了八度："你是不是脑袋进水了，那钱不是让你要去出书了吗?"

我一下成了霜打的茄子，这才想起我是挪用女儿的学费自费出的书。

我来到书房，目光落在了码得比饭桌还高的书堆上，这就是我花八千元钱换来的一千册书。

老婆进来了，照着那堆书上狠狠地踢了一脚说："写写写，除了你自己不知道还有没有第二个人看过，都堆在这儿当柴烧呀！你是能当学费用，还是能当饭吃?"

"娘子别急，我明天就去卖，卖了就有学费了。"我怕老婆说出更难听的话，赶紧作出了承诺。

第二天，我跑了好几家书店和书刊零售摊点，老板都表示无能为力。

没办法，我只好硬着头皮拖到大街上亲自摆地摊卖。在一个卖狗皮膏药的江湖郎中旁边，我摆开了书，用发颤的声音喊出了一句："卖书了，卖好看的小说！"惹得周围的人都用奇怪的眼神看着我。

大半天时间过去了，旁边郎中的狗皮膏药倒卖出了不少，可是我这里连个问价的人也没有。

正在我觉得毫无希望的时候，有人蹲在了我的摊子前。

"这书怎么卖?"那人拿起了一本边翻看边问。

我来了精神,忙讨好地说:"好商量,好商量,半价,只要半价!"

那人站了起来,很爽快地说:"我也不管你什么半价不半价,就一口价,我全买下。"

谢天谢地,我激动得心快要跳了出来:"好,你开个价。"

那人伸出一个巴掌说:"就五毛钱一斤,我全要了!"

我几乎晕倒,原来他是收破烂儿的。我的全部涵养刚好让我压住了怒火,要不然我就会吼出那个"滚"字。

我刚刚缓过气来,就听周围嘈杂起来,旁边那些摆摊的人都卷起了地上的东西向街角跑去。我还没弄清是怎么回事,就来了一群穿制服的人,二话不说把我的那些书扔到了车上。我上去找他们论理,他们说我随便摆摊违犯了城管条例,东西没收。

完了,一切都完了。我感觉心里堵得慌。那不是书,那是我女儿的学费啊!

我垂着头蹲在地上不知所措。这时手机响了,是一个陌生男人的声音:"你就是那个写《真正的男人》的作家吗?"

"对,我就是!"

真是天无绝人之路,是广告公司打来的电话,找我马上去拍一个产品广告,承诺我片酬八千元。我激动得眼泪都要流了出来。

广告拍得很顺利,并不需要什么高超的表演技巧,也没有台词,我只是按导演的要求拍了两个镜头就完事了。

拿着那沉甸甸的八千元钱,我一路哼着歌回到了家。当我把钱扔在床上时,老婆瞪大了眼睛:"书都卖了?"

"卖了!"我昂着头神气地说。

老婆这才露出了好多天没见的笑容。那晚,她对我格外温存。

几天后,我想起了被城管没收的那些书,那毕竟是我的心血啊,我决定去要回来。

我满以为又会遭到冷遇,没想到他们看见我却像见到了久别的朋友,热情地迎上前来。我十分不解,还是城管队长的话让我明白了就里:"恭喜恭喜,原来你不仅是一个作家,还是一个影视明星,我们刚才在电视上还看到你了呢!"

别的我不关心,我只想要回自己的书。队长很爽快:"留下几本我们看看，其余的你拿走吧。"

一进家门，老婆就把一只鞋向我扔来。我莫名其妙："你怎么打我？"

"你还有脸问，看看你做的好事！"老婆把我拉到了电视机前。

刚好一集电视剧完了，在插播广告。

画面上，一个男人垂头丧气无精打采地走进房间，一会儿又高昂着头笑眯眯地走了出来。与此同时，画外音响起："看，这位曾经阳痿了20多年的作家，在服用了我们的产品后，终于雄起了，做了一回真正的男人……"后面还说了些什么，我一句也没有听清。

那屏幕上的男人，就是我。

老婆嚎啕着骂："死鬼！这叫我以后怎么出门……"

真是塞翁失马。老婆不敢出门，我却出了大名。第二天，就有很多人找上门来购买我的《真正的男人》。不到一个星期，我的那些书就被抢购一空。

柳老师的心思

柳老师班上有 54 名学生，柳老师最看不顺眼的是那个圆脸的大眼睛男生叶虎。

班上每次违反纪律的事总会与叶虎有关。比如，那天英语老师上课前拿来了收录机准备放听力磁带，叶虎趁英语老师到办公室拿作业本时，用一盘歌曲磁带换下了听力磁带。当英语老师按下放音键时，教室里立刻回旋着歌曲《嫁人就嫁灰太狼》的旋律，惹得全班同学哈哈大笑，好端端的课堂纪律全被破坏了。英语老师气得发抖，当堂讯问，是谁做的，给我站起来！但没人站起来。英语老师只好把这一恶作剧行为反映到了班主任柳老师那里。柳老师一猜就猜准了是叶虎，柳老师罚叶虎在办公室站了整整两节课。

叶虎学习成绩一般，但体育成绩很好。那次学校开运动会，叶虎报名参加了跳高比赛，并且一举夺得了高一年级组第一名，为本班团体总分名列年级第一立下了功劳。柳老师作为班主任应该从这件事上看好叶虎的，可是柳老师却说，什么第一不第一，这说明他平时经常偷偷翻围墙。

柳老师这样说是有原因的。学校实行的是半封闭管理制度，学校给走读的学生发放了出入证，每天只允许走读的学生外出，住读的学生必须在校内就餐，不得外出。叶虎是住读生，没有出入证，不能从校门口出去，但这难不倒叶虎，叶虎会翻围墙。学校东边的体育器材室旁边有段围墙稍矮一些，这里也就成了叶虎每天逃脱的地方。叶虎先是助跑几米，然后一腾身双手就攀住了围墙的边缘，再来一个引体向上，人就已经骑在了围墙上，然后向外面跳下去。整个动作一气呵成，轻轻松松。

翻围墙对叶虎提高了跳高成绩也许有点作用，但把叶虎成绩的取得都说成是翻围墙练出来的就不符合事实了。

其实叶虎一向喜欢跳高这项活动，在读初中时就在运动会上拿过名次，在这次的运动会上，叶虎为了给班级争光，天天课余时间坚持训练，没再翻围墙外出，而是吃了饭后就在运动场上练习跳高，一心想拿第一名。可惜的是柳老师只盯住了叶虎的毛病，没有看到叶虎身上这些积极的表现。

叶虎的付出没有得到老师的认可，叶虎只好破罐子破摔了，随后又参与了几起违纪事件，这令柳老师更看叶虎不顺眼。

一天，叶虎在教室里用打火机点燃了一本书，搞得教室里乌烟瘴气的，班干部把情况反映到了柳老师这里，柳老师一听就来气了，把叶虎叫到办公室劈头盖脸地训斥一通，末了让他把打火机掏出来没收。叶虎在掏打火机时从口袋里带出了一张照片，那是一张女孩的照片，看年龄大约与柳老师差不多，女孩长发飘飘，圆圆的脸蛋白里透红，面带微笑，是一个很漂亮的姑娘。柳老师盯着照片上的女孩问叶虎是谁，叶虎吞吞吐吐半天才说，是我……是我姐姐叶子。

柳老师问，你姐在哪里做什么？叶虎又是好半天才说，在武汉打工。

柳老师没再问什么了，把照片和打火机都留下了，就让叶虎回了教室。

柳老师再看那张照片，越看越喜欢，柳老师还没谈朋友，柳老师开始有了心事。

有了心思的柳老师，再看叶虎时，大大的眼睛很像他姐，柳老师突然觉得叶虎其实是很可爱的。

那天叶虎捡了一个出入证没有自己留下，而是交给了柳老师，这要是在以前，柳老师一定会认为叶虎在作秀，现在柳老师在班上大大地表扬了叶虎一番，还带出了叶虎运动会夺得第一名的事，不过这次重新定性为"奋力拼搏，为班级争了光"。

柳老师对叶虎不再是冷若冰霜，经常和颜悦色地找叶虎谈心，鼓励叶虎好好学习。

叶虎竟然有了很大的变化，不再违反纪律了，开始用心学习了，成绩也在一步步上升。班上的任课老师发现了叶虎惊人的变化后，都很佩服柳老师有能耐，将这样一个差生转变过来了，他们问柳老师使用了什么招数，柳老师只是嘿嘿地一笑。

期末考试，叶虎的成绩进入了班级前 10 名的行列，上了学校的光荣榜，叶虎也被同学们评为了三好学生。

临放寒假前，柳老师找来了叶虎，柳老师和叶虎拉起了家常。柳老师说，你家里都有些什么人啊？叶虎说，报告老师，我家就 3 个人：爸爸、妈妈和我。柳老师说，没跟老师说实话吧，你不是还有一个叫叶子的姐姐吗？

叶虎咂巴着眼睛说，没有啊，老师，我家就我一个儿子。

不会吧，柳老师也疑惑地眨着眼，从抽屉里拿出那张照片说，上次你不是说这是你姐姐叶子吗？

哦，叶虎不好意思挠着头说，对不起，柳老师，我上次撒了谎，这是我妈妈年轻时候的照片。

时尚的诞生

　　小城的老少爷们也像小城的女人一样很潮，除了感冒，流行什么就赶什么。

　　那段时间，也不知什么原因，小城的男人突然流行起了剃光头。没几天时间就见街上好多男人，顶着一个锃光瓦亮的秃瓢招摇过市。

　　咱也是男人可不能落后哦，怎么也得赶一回时尚，过过光头的瘾。我特地给在省城打工的女朋友打电话，告诉了她我要剃光头的想法。征得了女朋友的同意后，我来到了理发店。

　　理发师很热情地问我剪什么发型，我使劲挠着头发说，剃成秃瓢就行。

　　理发师没再说什么，拿了一块蓝布披在了我的身上，并系上了脖子上的带子。我看了一下镜子里我的形象，就像一个超人。

　　理发师的手艺很好，不一会儿就剃了左边的半个脑袋。

　　刚准备剃右边时，我的手机响了。理发师停下了动作，在等我打完手机再剃。

　　电话是我女朋友公司的同事打来的，一接完电话我就从椅子上弹了起来，扯掉身上的围披，拔腿就向外跑去，边跑边回头对理发师说，我女朋友出车祸了……

　　门外没有出租车，好在这儿离去省城的车站不远，我一路向车站奔去。我用余光看到，路上的行人都停下来在看着我飞跑，有的还在笑。到了售票大厅，我插队买了去省城的车票。我看到那些候车的旅客都用奇怪的眼神看着我在笑。我也没心思去想他们为什么笑我，我心里只有女朋友的安危。

　　到了省城，找到了女朋友住的医院。好在女朋友没有生命危险，只是右腿骨折，医生说最少要住 40 天医院。我满以为女朋友看到我会哭，没想到她却躺在病床上嗤嗤地笑了。我问她笑什么，她说，卫生间里有个镜子，你去照一下就知道了。

当我面对镜子里的那个我时，我禁不住笑得直揉肚子。我那半边的秃瓢泛着白光，半边的黑发顽强挺立的样子，就像《西游记》里的妖怪，难怪人们看着我会发笑呢。

我对女朋友说，一听你出了事，我就这样只剃了半个脑袋就跑来了，待会我就找个理发店去剃光。

女朋友说，别剃，就这样留着，等我出院。看到你这发型我就想笑，它能给我带来好心情。

女朋友的话我当然要听。我就那样顶着"妖怪头"在医院陪了女朋友40多天。直到她出了院我才回到了小城。到家时天已经黑了，我打算第二天就去理发店把我的"妖怪头"剃成全光，免得小城的人笑话我。

第二天，我来到了理发店。

理发师说，不用再剃光头，把上次剃了的后来又长起来了的那边的头发剃光就OK了。

那怎么行，那人们还不又看我像看怪物一样。我不同意。

理发师说，你还不知道吗？这一个多月最流行的就是"阴阳头"。

什么是阴阳头？我疑惑不解。

就是你那天只剃了半个脑袋的发型。你走后第二天就有人来要求只剃半个脑袋。

我半信半疑地来到大街上，一看，好家伙，理发师没有说谎，大街上的男人果然有好多人就是这种阴阳头。

看着那些阴阳头，我莫名其妙地想笑。

原来我也引领了一回小城的时尚。

知　音

　　得知著名小提琴演奏家阿郎先生要来古城乌林开个人演奏会的消息，邵进伟兴奋得几个晚上都没睡好。

　　在报纸、电视等媒体的极力渲染下，拥有 2000 多个座位的乌林体育馆的门票，不到两天的时间就预售一空。很多没有买到门票的人徘徊在售票窗前，久久不愿离去。500 元一张的门票被黄牛党炒到了 1000 元。谁不想亲眼一睹阿郎这位时下最当红的小提琴演奏家的真人风采呢。以前只是在电视上，在春晚上看过，现在能身临其境地与世界级音乐名人近距离接触，并且亲耳聆听他的演奏，不说是千年等一回也至少是好几年才能有一回的幸事吧。很多望子成龙的家长，都愿出高额学费送孩子到阿郎门下学习，可是阿郎轻易不收学生，现在这样的机会来了，无论多高的票价也要带孩子来听听这场盛况空前的演奏。

　　邵进伟从小就喜欢小提琴，他是阿郎最铁杆的粉丝，他做梦也想拜阿郎为师，但邵进伟知道，这种想法仅仅只是一种幻想而已，即使阿郎收徒，邵进伟家也出不起那高昂的学费。走进邵进伟的房间，就如同走进了阿郎的世界，墙壁上到处张贴的是阿郎的画报和照片。邵进伟说，他每天要是不听一听阿郎的演奏就会睡不着。这次听说阿郎要来了，邵进伟把春节时偷偷攒下的 500 元压岁钱拿出来，起了一个大早去排队买到了一张票。可是晚上换衣服没有搜出来，妈妈以为他那放在床头柜上的衣服是要洗的，就拿去放到了洗衣机里洗了。等到邵进伟发现时，那张门票早已揉搓得看不出本来面目了。邵进伟偷偷地哭了。邵进伟知道他不可能再有钱去黄牛党手里买那高价票了。

　　演奏会那天，邵进伟还是去了。邵进伟想，虽说不能亲耳听到阿郎的演奏。但在体育馆外感知一下氛围也是好的。

　　邵进伟赶到时，体育馆外的广场上围了很多人，中间的升旗台上站着一个黑衣男人，黑衣男人正拿着麦克风在高声发话："朋友们，晚上好！我是阿郎的模仿秀，今天我要模仿阿郎给大家演奏几首他的拿手乐曲……"

邵进伟一看那人满脸的络腮胡须，那身材脸型还真有点像阿郎。邵进伟听见身边的好多人说："现在这样的模仿秀太多了，谁走红就会有人模仿谁，没什么好看的……"

邵进伟可不这样想，邵进伟有点爱屋及乌，爱阿郎也爱阿郎的模仿秀。

黑衣男人开始了他的演奏。连续拉了几首阿郎最拿手的乐曲。邵进伟听着听着，就瞪大眼睛了，邵进伟听着听着就如醉如痴了，邵进伟听着听着就控制不住自己了。邵进伟冲上台愣愣地站在黑衣男子面前，激动地说："你……你……就是阿郎！"

台下看热闹的人笑了，都说这小男孩太天真幼稚了。阿郎那么大牌的小提琴家，怎么会在体育馆外乞讨似地演奏呢。这时，黑衣男人问台下的人说："你们说说，我是阿郎吗？"

台下好多人起哄说："别丢人现眼了，你怎么会是阿郎呢，是阿狼还差不多！""你就别浪费时间了，你演奏了也是白白地演奏，我们是不会丢钱给你的。"

邵进伟却倔强地说："不，他就是阿郎！"

围观的人又是一阵哄堂大笑。笑过之后，有票的开始入场了，没票的陆陆续续走开，没人愿把时间花在这不伦不类的盗版上。

邵进伟却转身扯着黑衣男人的衣角说："阿郎叔叔，你再为我们拉一曲吧！"

黑衣男人说："小弟弟，抱歉啊，我不是阿郎，我只是他的模仿秀，你要听阿郎的演奏，我刚好有一张门票，我就送给你吧！"

邵进伟不接那票，而是依然固执地说："你就是阿郎！我要拜你为师！"

黑衣男人上前牵着进伟的手说："走，小弟弟，我送你进场去看阿郎。"

邵进伟没想到，黑衣男人给他的票是全场最好的位置：第一排正中间。

一会儿演奏会开始了，主持人用充满煽情的语调说："有请著名小提琴演奏家阿郎先生闪亮登场!"

阿郎上场了。阿郎一身洁白,白衣白裤,光洁的面庞充满了迷人的魅力。全场掌声雷动,伴随着口哨声欢呼声,巨大的声浪几乎要将演播大厅掀翻。

阿郎演奏了一首又一首,现场的观众情绪激昂,毫不吝啬地把热情的掌声送上。

在演奏会到了最后一个节目时,主持人兴奋地说:"观众朋友们,马上我们将见证一个特别的惊喜和意外,请大家瞪大眼睛看好,他是谁?"

大幕拉开,白衣白裤的阿郎不见了,走上场的是一位满脸络腮胡须的黑衣男人。大家定眼一看,这不就是刚才在体育馆广场的升旗台上演奏的阿郎模仿秀吗?

哇……现场轰动了,观众情绪激昂地连续高呼:"阿郎……阿郎……"

黑衣男人90度鞠了一躬说:"谢谢大家,终于承认我是阿郎了。下面我将请上一位小弟弟和我同台演奏这最后一曲。"阿郎走下舞台,径直来到邵进伟面前,牵起邵进伟的手。

邵进伟惊喜地说:"阿郎叔叔,我说是你就是你吧,你贴上胡须还更帅些。"

阿郎牵着邵进伟来到了舞台中央,工作人员拿上来一把小提琴给邵进伟,阿郎和邵进伟一起演奏了一首他的成名曲《知音》。演奏完毕,阿郎宣布:收邵进伟为徒。台下的家长瞪大了眼睛,都说这孩子的运气真好。

第二天,《乌林日报》揭晓了谜底:这一切都是阿郎精心设计策划的,他要通过这个巡回演出的特别方式,免费招收一批真正的知音为弟子。

 # 请到我家去一趟

　　刚刚在各考室巡视了一圈回来，还没落座椅，办公桌上的电话就响了。是门卫童师傅打来的，他说，有人有急事要找我。

　　今天是一学期一度的期末考试，在昨天的考务会上，按照教育局关于加强校园安全管理的文件精神，我作出了一个临时规定：考试期间，非本校人员一律不得进入校园，极特殊情况必须报请校长批准，方能准入。

　　"问问他，有什么急事。"我想弄明白事情原委再作定夺。

　　很快童师傅回话了："报告校长，他说这事十分紧急，要找你面谈。"

　　我想了想还是答应了："那就让他到我办公室来吧。"

　　这是一个40多岁的男人，他一进门就自我介绍叫王水山。接着还没等我问什么，他就急急地说开了："校长，我有一个请求，我知道可能有点过分：能不能马上带一个班的学生到我家去一趟。"

　　我愣了片刻，这个请求还真有点过分。以前我们也带过学生外出，但那都是按上级要求，要么让学生手持鲜花，上街夹道欢迎某个领导，要么让学生带着铁锹，到山上植树造林制造浩大的作秀声势。应一个普通农民的要求，调动学生外出，还真没有这样的先例。虽说调动一个班的学生完成点力所能及的任务，这点权力我还是有的，但总得先问清楚去做什么吧。我倒了一杯水给他后说："别急，慢慢说，为什么要一个班的学生去你家，是让学生去你家劳动吗？抱歉，学生是不能当劳动力使唤的。"

　　他喝了一口水后，说："你误会了。我父亲患有癌症，现在生命已到了倒计时阶段，他没有别的愿望，只想在孩子们的歌声中、读书声中，静静地离开。"

　　我惊奇地问："你父亲叫什么名字？"

"我父亲叫王金权。他是一名退休教师，他一生爱的是学生。"

"王金权……这名字好熟悉啊！"我记忆的闸门突然打开了，这不是20年前，我县树立的"爱岗敬业"的典型吗？那时王老师还是一名山村小学的民办教师，我那时还是学生，我记得我们学校曾多次请王老师作过报告。

王水山见我没出声，可能是以为我不同意，他抹了一把头上的汗水，喘了一口气说："我刚才听门卫师傅说，学生们正在考试，现在我只请校长帮个忙，耽误一个班学生几分钟，就到操场上让他们唱几句歌曲，朗读几句课文，把这些用录音机录下来，我带回去让我父亲听一听，就行了。"

我被这位可亲可敬的老教师、老模范的精神深深地打动了。我果断地作出了决定，抽出一个班的学生，让他们改天再考。不能让老前辈死不瞑目啊。

王水山紧紧握住我的手不停地抖动，嘴里连连地说着感谢的话。一阵内疚感突然涌上了我的心头，除了重阳节给有手机的退休教师，群发一则千篇一律的慰问短信外，我们竟很少上门去看望。我惭愧地说："是我们不对啊，忘记了这样一位热爱教育、热爱学生的老前辈！"

10分钟后，我亲自带一个班的学生坐校车，向那个名叫黄龙崖的小山村进发。路上我问王水山："你父亲是老模范，退休后应该有领导经常去看他吧！"

王水山伤感地说："哪里啊，开始两年还不时有领导、有学生去看看，后来新的典型，新的模范人物不断涌现，就再也没人来看他了。"他望了我一眼，又把眼光投向了窗外广袤的田野说，"我父亲一生喜欢学生，去年我家旁边还有一所小学，那是他的精神寄托，每天他都要去学校转转，他说，一生听惯了孩子们的吵闹，每天不听听还真睡不着呢。今年那所小学撤除合并到你们这所学校来了。我父亲说，他就一个愿望，死的时候希望听到孩子们的歌声、读书声。我父亲最喜欢听的一首歌是《歌声与微笑》"

我的眼眶润湿了。一路上我们没再说话。

到了王水山家。他家围满了乡亲，村支书握着我的手说："你们终于来了，王老师已经不行了……"

屋里的乡亲们都让了出去，我和学生们围在了王老师的床前，王老师已经到了弥留之际，嘴张着似乎想说什么，眼睁着似乎想看到什么。我喊道："王老师，我们来看你来了。"王老师的头动了动。

"同学们我们一起唱首歌吧！"我起了一个头，"请把我的歌带回你的家，请把你的微笑留下……"孩子们动情地唱了起来。接着孩子们又一起背诵课文：故人西辞黄鹤楼，烟花三月下扬州……

王老师的脸上有了笑容。王老师的眼睛慢慢闭上了……

我和孩子们泪流满面。屋外哭声一片。

失　踪

　　星期五晚上，儿子没有回家。打电话给班主任，班主任说，把几个好点的学生留下双休日补习一下。随即，班主任在电话里数落起儿子来了："你家小宝成绩很好，但近段时间经常迟到，找他谈话他也没说出个所以然来，你要配合我们好好管教管教他。"

　　星期一我去了学校。班主任的话却令我脑袋一嗡："小宝星期六没参加补习，他请假说病了，要回家休息两天。现在还没到校呢。"

　　我迅速赶回家中告诉了妻子，并和妻子分头寻找，把平时儿子爱去的几个同学家和他爱玩的几个地方找遍了也没见儿子的身影。妻子嘤嘤地一路哭到家中。我吼道："哭什么哭，去，把电话本拿来，问问几个亲戚家，看儿子去了没有。"

　　他们的回答如出一辙："没见小宝来家。"

　　妻子号啕大哭："儿子肯定是失踪了，赶快报警啊……"

　　我拨通了110。

　　一上午过去了，没有儿子的任何消息。中午警察打来电话说，在城南的护城河边发现了一具少年的尸体，让我们赶快过去看看。妻子一听当场晕倒，是我又掐人中又喂开水才弄醒的。我和妻子跌跌撞撞，一路哭着赶了过去。经过仔细辨认，不是我儿子，悬着心才稍稍放下了一些。晚上警察来家让我提供所有的亲戚朋友的地址和联系电话。我说："亲戚朋友家我都打电话问了一遍，没有结果。"

　　警察问："你再仔细想想有没有遗漏的。"

　　妻子想了半天说："只有乡下的老家没问。"

　　老家离此地100多公里，父亲去世得早，母亲坚决不愿离开故土来城里和我们居住，她独自一人生活在乡下。我和妻子平时忙于各自的工作，除了春节带小宝回去看看外，很少回家。我想，儿子才13岁，他是不可能一个人奔波100多公里回老家的。

警察问："你母亲那里安了电话吗？"我摇摇头。

警察说："报上你老家的详细地址，我们马上联系当地派出所，看孩子回去了没有。"

半个多小时后警察的手机响了，警察兴奋地说："找到了，找到了，你儿子就在他奶奶家。"

我和妻子连夜租车赶往乡下的老家。

夜深人静。敲门。开门的竟是儿子，儿子把食指竖在嘴边，小声说："轻点，奶奶刚睡着。"妻子拍着胸脯小声说："谢天谢地……谢天谢地……"但马上一把搂过儿子，声音不由自主地大了起来，"吓死妈妈了……吓死妈妈了……"

这时母亲醒了，看到了我们连忙要坐起来，我按住了母亲。母亲肩膀抖动，啜泣起来。我握着母亲的手，母亲才止住了声音光抹泪。

"只怪我啊，连累了你们。"母亲喘息了一会儿，"前天，小宝给我送来了一台电扇，我要他第二天就回去，可是早上起来我摔倒了。这孩子说不走了，要照顾我……"

我拉过儿子："小宝，你哪来的钱给奶奶买电扇啊？"

儿子说："我在街上捡饮料瓶卖来的钱，再加上我从伙食费中节省一点，买了这台电扇……爸爸，对不起，为了多捡几个瓶子，我总是迟到了。你打我吧……"

"爸爸怎么会打你呢？"我抚摸着儿子的头说，"儿子，你怎么想到给奶奶送电扇呀？"

儿子说："学校开展感恩教育活动，我就想到了奶奶，去年回来时听奶奶说电扇坏了。天这么热，我家和我们教室都安了空调，可奶奶……"

妻子说："小宝啊，你走之前怎么不跟我们说一声呢，我们全家一起来看奶奶啊。"

儿子说："对不起，爸妈，我看到你们太忙了。"

儿子的话让我脸上发烧，我默默无语，我突然觉得失踪的不是儿子，失踪的是我啊……

看着眼前白发苍苍的母亲，我在抹头上的汗水。

这时母亲拧开了电扇开关，叫着我的小名说："焰儿，来，扇扇，别热着，我不怪你们，你们在城里过日子也不容易啊……"

泪水模糊了我的双眼，我就那样坐在母亲身边，任由那台电扇吹出的凉爽的风抚摸着我。

天降馅饼

窗外风雨交加，室内春意融融。

旅馆服务生哈波尔正穿梭在各个客房忙碌，嘴里小声哼着只有他自己明白内容的歌儿。他很喜欢这份工作，见人是一脸的微笑。哈波尔忙并快乐着。今天临到他值班，恰好有个社会团体来此地开会，他们旅馆40多个房间都被会务组预定了，没有一间空房。哈波尔刚给每个房间送完开水，正准备在前台的沙发上靠着休息一会儿，就看见门外进来了一对步履蹒跚的老夫妻。老头儿直接走向他说："小伙子，请开一间房，我和我老伴儿要在此休息一晚。"哈波尔微笑着挠了挠头说："老人家，实在抱歉，我们旅馆已经客满了，一间空房也没有剩下。"

两位老人闻言呆在原地互相对望着，嘴里嘟囔着："这可怎么办？这可怎么办？"

看到两位老人失望的眼神和疲惫的神情，哈波尔顿时心一紧。他望了一眼风雨大作的窗外，想到这条街只有他们这一家旅馆，要到去另一条街找旅馆，得冒着风雨步行一公里多路，这对已疲惫不堪的两位老人来说是一种残忍。况且，在这样一个小城里，恐怕其他的旅店也早已客满了。哈波尔想："这两位老人与我的父母差不多的年纪，如果今晚没地方住，岂不要在深夜流落街头？"哈波尔决定无论如何得帮老人想想办法。他拍了拍脑门，终于有了主意，马上面带微笑地对两位老人说："老人家，别着急，你们今晚的住宿问题，由我来安排。"

哈波尔带两位老人来到了旅馆最东边的一个小房间里，这是一间整洁又干净的屋子，虽说小了点，但住下老两口是不成问题的。哈波尔随后又为两位老人买来了饭菜，打来了开水，还将房间的电灯开关，和室外厕所的位置指给了老人，然后说了句"老人家，晚安！"这才放心地离去。

两位老人睡了一个安稳觉。

第二天，当两位老人来到前台结账时，哈波尔说："老人家，不用给钱了，昨天您住的房间并不是饭店的客房，是我把自己的宿舍借给你们住了一晚。所以我们不会收您的钱的，只要你们昨晚休息好了，我就放心了。"

老人这才弄明白，他们昨晚睡的是眼前这位年轻人的私人宿舍。哈波尔让出了自己的屋子，他一晚没睡，就在前台值了一个通宵的夜班。两位老人十分感动。老头儿说："小伙子，你是我见到过的最好的旅店经营人。"哈波尔笑了笑，说："老人家，这算不了什么，是我应该做的。祝你们旅途愉快！"

哈波尔送两位老人出了门，转身接着忙自己的事，很快把这件事情忘了个一干二净。

两个月后的一天，哈波尔正在打扫房间，经理交给他一封信函，哈波尔打开一看，里面有一张去纽约的单程机票并有简短附言，聘请他去做另一份工作。哈波尔乘飞机来到纽约，按信中所标明的路线来到一个地方，抬眼一看，一座金碧辉煌的大酒店耸立在他的眼前。走进酒店的大厅，一位精神矍铄的老人迎上前来，哈波尔定眼一看，这不就是那天晚上来旅馆住宿的老人吗？老人主动上来拥抱了他。哈波尔不知所措地看着老人，这时老人说话了："小伙子，是我叫你来的，从今天起你就是这家酒店的总经理了。"

这位老人是有着亿万资产的美国著名富翁皮埃塔，那天晚上皮埃塔就看中了哈波尔，决定要答谢他，特地买下了这座酒店交给哈波尔管理。

擦 皮 鞋

儿子考上了"一本",被一所普通大学录取,我们一家人欢天喜地,无比自豪。

通知书来后,我和妻子把儿子当宝贝供着,让他吃好,穿好,玩好。暑假50多天,我们什么事也没要儿子做,儿子在空调房里,每天睡到日上三竿。双休日,我们还陪他到他想去玩的地方去玩。儿子像得胜的将军,精神焕发,那天,我们陪儿子去逛超市。超市门前有一溜擦皮鞋的摊子。儿子说他的皮鞋脏了,要去擦一擦。擦皮鞋的那些摊主纷纷热情地招揽生意,只有边上的一个与儿子年龄差不多的男孩子没有说话。儿子径直向那男孩走去,说:"擦鞋。"男孩微笑着指着面前的椅子说:"好吧。请坐。"

儿子坐了下来。我和妻子站在旁边用报纸给儿子扇风。男孩开始了擦鞋的程序,尽管给人的感觉不很熟练,但他擦得很认真很仔细很投入。男孩满头大汗,时不时用肩上的毛巾擦一下汗。

我看看儿子,又看看男孩,突然感觉到很欣慰。他俩差不多的年龄,一个马上将跨入大学校门,一个在这儿挥汗如雨地擦鞋。我不禁同情起了这个擦鞋的男孩,我脑海中冒出了范伟小品中的一句台词:"同样是人差别咋这么大呢?"

一会儿鞋擦完了,男孩在擦汗,儿子在看他光亮如新的皮鞋。儿子很潇洒地丢了两元钱在男孩的擦鞋箱中,走了。男孩很有礼貌地说:"谢谢,请走好!"

回家的路上,妻子很感慨地对儿子说:"当初我们叫你要好好读书没有错吧,要不然你也得像刚才那个男孩一样上街擦鞋。"

"喊,"儿子一甩头发,嘴角一撇,"我才不去做这没出息的事呢!"

我也附和着说:"他怎么能跟我儿子比呢?不好好念书的结果,只配擦鞋。"

晚上，我们一家人在一起看电视。突然，电视里出现了一幅画面：一个男孩坐在超市门前擦皮鞋。当那个男孩昂起头时，我们惊奇地发现，他正是给我儿子擦皮鞋的那个男孩。这时只听见主持人配合着画面在解说："我县高考理科状元邵进伟同学，在走进清华大学的前一天，还在超市门前擦皮鞋。他说，要靠自己的劳动挣学费……"

主持人后面说了什么我一句也没听进去，只感到自己脸上火辣辣的。再看妻子和儿子，他们也难为情地低下了头。

 # 教授的青花瓷瓶

教授上课前来到教室，请学生们帮他一个忙，把他家里的一些青花瓷瓶搬到教室里来，说等会儿上课要用到这些青花瓷瓶。教授说："愿意帮忙搬青花瓷瓶的同学请举手！"结果全班 50 多名学生闹哄哄地都举起了手。教授挑选了十几个平时胆大的学生，跟着他来到了他家。

教授家的储藏柜里摆着 10 多个高大漂亮精致的青花瓷瓶。有学生问："教授这瓶这么贵重又这么易碎，假如我们搬运时摔碎了要我们赔吗？"教授说："这瓶别看花色这么好看，其实并不值钱，50 多元就可买一个，你们尽管搬，万一碎了你们也赔得起，怕什么呢。"学生们一听，嘻嘻哈哈地每人抱起一个瓶子就向教室跑去，把瓶子整整齐齐地摆在了讲台旁边的桌子上。

开始上课了，教授说："同学们，你们知道你们刚才搬来的青花瓷瓶每个值多少钱吗？"

有学生答："你刚才不是说了吗，每个 50 多元。"

教授笑了："那是骗你们的啊！这种类型的青花瓷瓶，国内市场价，每个 2 万多元。"

"啊……"同学们瞪大了眼睛。刚才抱来瓶子的好几个学生心里一惊，因为他们以为瓶子不值钱，在路上险些摔到了地下。

这时教授的手机响了，教授按了免提键，全班同学都听到了教授与教授夫人的对话，夫人让教授把青花瓷瓶马上送回家。其实这个环节是教授事先设计好了的。

教授说："同学们，你们都听见了吧？夫人要我把瓶子马上送回去。看来还得请同学们帮忙，帮我又搬回去。"教授顿了一下，用眼光扫视了教室一圈后说："愿意帮忙搬青花瓷瓶的同学请举手！"

这次教室里鸦雀无声，没有一个同学举手。

教授问："怎么，没同学愿意帮我搬吗？说说，为什么？"

有同学回答："不敢搬，怕摔了。"

"那刚才搬来时，为什么敢搬呢？"教授微笑着问。

"那是因为我们不知道它的价值。""那是因为我们以为即使摔了也赔得起。"……

教授收住了笑容，在黑板上用粉笔写下了一行字："无知者无畏，心态很重要，它往往能决定成败。"

同学们频频点头……这堂课上得很成功。

下课时，教授拿起一个青花瓷瓶，用力地摔在了地上，然后捡起一块碎片说："其实，这些瓶子都是我买回的残次品，50元也不值。"

学生们哈哈地笑了。教授也笑了起来，教授问："有同学愿意帮我把这些瓶子搬回我家吗？"

同学们的手都举了起来。

刻舟求剑新编

楚国人老愚是个爱剑之人，一天乘船过江，当船到江心时老愚站在船头，抽出自己心爱的宝剑把玩，那闪闪发亮的宝剑吸引了同船过渡的人的目光，大家纷纷夸赞这是一把不可多得的好剑。老愚很受用，竟乘兴在船头舞了起来。没想到这时一个浪头打来，船身一摇晃，老愚一个趔趄，人没掉进江里，可是宝剑却脱手了，那剑掉到船舷上弹了一下，滑进了江里。

众人连呼可惜，但老愚却不慌不忙，老愚说："不妨事的，待我做上记号，停船靠岸后再下去捞取。"

老愚拿出一把削笔的小刀，在船舷上宝剑滑落的地方划了一个"＋"字，说了声"OK"后，就催艄公快点开船。船上有人当时就说："老愚啊，你莫不真是有点愚，这样能捞到剑吗？"

老愚胸有成竹地说："放心，没问题，这儿掉下去的，不在这儿捞，难道在你家水缸里去捞？"

一会儿船靠岸了，老愚脱得只剩一条短裤，然后从刻了记号的地方下到水里，摸索起来，老愚浮出水面后，有人问："找到了吗？"

老愚摇了摇头。老愚深深吸了一口气后又钻到了水里，但如此几次都不见宝剑的踪迹。老愚只好在人们的嗤笑声中灰溜溜地走了。

好长一段时间老愚一出门，就会有人拿他那刻舟求剑的笑话说事。但这打灭不了老愚的爱剑之心，老愚到商城转了好几回，想新买一把。

一天，老愚的亲戚家儿子结婚，老愚要去随礼，那亲戚住在江的对岸，老愚又要乘船过渡了。

老愚上船后就有认识他的人问他："老愚啊，你的宝剑掉了，就没再买一把吗？听说县衙对门的百老汇商城，今年新到了一批手柄镶有钻石的'神龙牌'宝剑呢。"

老愚叹了一口气说："只是在柜台里看过，买不起，啧啧，那标价一千多两银子一把啊。"

船上有一衣冠整齐气度不凡的紫衣男子听着他们的对话，似笑非笑。船到江心时，紫衣男子变戏法似的从背后的剑鞘里抽出一把宝剑把玩。老愚一看那剑眼都直了，那是一把去年开始就在市面上流行的上好宝剑，售价至少500两银子。

紫衣男子拿着剑走向船头，在人们羡慕的目光中舞动起来。谁也没想到这时发生了和当初老愚失剑时同样的意外，一个浪头打来，紫衣男子一个趔趄，宝剑滑落到了江里。紫衣男子一声惊呼："啊呀呀，太可惜了！"和紫衣男子随行的一个穿长袍的男人，马上拿出一个小刀，在宝剑落水的船舷处划了一个大大的"△"号，然后说："东家，不要紧。等船靠岸后，我马上派人来捞取。"

老愚一听就哈哈大笑起来，笑完后感叹了一声："唉，想不到这世上还有和我一样的糊涂之人啊！"

老愚暗想："看来，待会儿也有把戏看了。"

一会儿船靠岸了，穿长袍的男人租了一匹快马飞奔而去。老愚和同船的人没有一个人离去，都待在岸边等着看笑话。约莫一袋烟的工夫，来了一辆马车，马车上下来一人，穿着一个鼓鼓囊囊的潜水衣在船舷做了记号的地方下水了，不到一分钟那人浮出水面。众人惊奇地发现，那人手里举着一把寒光闪闪的宝剑。老愚定睛一看，这是一把最新款式的"神龙牌"宝剑。

那人上岸后，双手把宝剑呈在头顶："东家，请收好！"

紫衣男子笑眯眯地接过宝剑插进了背后的鞘中。

到了亲戚家，老愚把他看到的不可思议的事讲给大家听。其中有个在县衙工作的人问："那失剑男子是不是穿的紫色的衣服？"

老愚答："正是。"

"这就对了，那是微服外出下乡作秀的县太爷。他想要什么还能捞不到什么吗？"

我要大声唱歌

　　为了那块宅基地，我可是伤透了脑筋，多次打报告到村委会马主任那里，就是不签字。有人提醒我说，你次次空着手去，他怎么会批呢？为了房子早日建成，我咬咬牙花了 1600 元买了两瓶茅台酒，来到了马主任家。马主任接过酒后，看了一眼，就放进了酒柜中，然后说："待我们研究研究再通知你。"

　　可是，一个多月过去了，还没见研究的结果。我沉不住气了，揣上申请报告来到了马主任家。马主任的老婆告诉我，他到村里丽嫂家去了。我一路小跑地赶到丽嫂家时，已经是汗流浃背。丽嫂说了句你坐会儿，就到厨房弄饭去了，我坐了一会儿，突然内急，就去了丽嫂家卫生间。刚蹲下就听见丽嫂来到客厅自言自语了一句："哟，怎么没见人？"丽嫂肯定是以为我走了。我刚准备回答我在卫生间呢，突然听到了马主任的声音："小宝贝。可想死我了。"

　　然后听到关门的声音，接着就听丽嫂说："别……别这样……待会让我老公撞见就完了……"再接着就听见"叭叭"的像是亲嘴的声音。这时我已方便完了，但不好意思出去，我就那样蹲在卫生间，凭声音想象着他们的行动。

　　"啪啪……啪啪……"突然我听到了敲门声，接着听见外面人在喊："开门……开门……"是丽嫂的老公回了。

　　客厅里一下乒乒乓乓地响了起来，一定是马主任和丽嫂惊慌中撞倒了椅凳之类的物件。

　　这时只听丽嫂小声地说："怎么办，你快躲起来……躲哪儿呢？对，快，到卫生间躲一下再说……"

　　马主任进来了，一看我在里面，惊得脸更白了。

　　丽嫂开门，迎进了老公。丽嫂在陪老公说话。他们说的是什么我没用心听，我在和马主任在用耳语的方式交流。

我掏出那份申请报告说："马主任，请签字吧。"马主任说："你这是趁火打劫，不签。"

"好，你要不签字，我就大声唱歌。""别别别，我签。"马主任掏出随身携带的笔，颤抖着手签下了他的大名。马主任说："这件事，你出去千万别乱讲。"

"好。但，请你给我1600元。"说这话时我想起了我爹，我孝敬他老人家最好的酒是5元钱一瓶的二锅头。

"我凭什么给你1600元？"

"我送给你的酒你要还给我。"

"没门。"

"那就对不起，我现在要大声唱歌了。"

"别别别，我给我给。"马主任哆哆嗦嗦地掏了半天掏出一扎百元大钞，数了16张给我。

我决定借此机会杀杀马主任平时那种耀武扬威的锐气。我又提出了新的要求："你还得大声喊我一句爸爸。"

"你……"马主任的脸由白变青了。

我直视着他："喊不喊？不喊我可要大声唱歌了。"

"爸……"马主任咬牙切齿地喊了一声。

"不行，声音小了，要大点声。"我拍了拍马主任的肩膀。

"爸爸……"马主任大声喊了起来。

这时，只听客厅里的声音传来："谁……谁在喊……是儿子回了吗？"接着听见脚步声向卫生间走来。

再看马主任，晕倒了。

自相矛盾新编

矛和盾是冷兵器时代常用的两种作战武器，矛是用来进攻的，盾是用来防御的。话说战国时的赵国由于朝廷兵工厂生产能力有限，赵王颁发圣旨，允许民间生产矛和盾。

有一个叫虎父的人抓住商机，筹措银两，开起了第一家民办兵工厂，专门生产矛和盾。开始的时候矛和盾还很畅销，可是，随着民办兵工厂的增多，供求市场发生了变化，很多民办兵工厂生产的矛和盾积压在家卖不出去。

虎父的家庭兵工厂也受到了冲击，矛和盾的销量锐减，最后也大量库存。虎父开动脑筋，想出了办法：做好广告宣传，让买家知道自己家的矛和盾是质量最好的。虎父在销售的摊位前扯起横幅，上写："我家生产的矛和盾质量上乘，天下第一"，并且声嘶力竭地高喊："没有我家的矛戳不穿的盾，没有我家的盾挡不住的矛。"

很快虎父家的摊位前就围满了想买矛和盾的人。这时刚好本县的最高行政长官县尹寻访到此，县尹来了兴致，县尹问："你说的可是事实？"

虎父斩钉截铁地回答："绝对是事实！"

县尹拿起了虎父家的矛和盾，把盾递给虎父，自己拿着矛，似笑非笑地说："现在我们就来检验一下你的话是否正确，我用你家的矛来戳你家的盾试试。"

虎父一听，突然意识到这是试不得的事，因为试的结果只有两种：要么矛戳穿了盾，要么盾抵挡住了矛。虎父赶紧放下了手里的盾，红着脸尴尬地站在那儿不知所措。

围观的买主们哄堂大笑。县尹冷着脸呵斥道："如此大言不惭，当街出售假冒伪劣产品，还不快快滚回家去。"

县尹的话谁敢不听。虎父在众人的哄笑声中，一把扯下横幅灰溜溜地收摊回家了。

从此，虎父再也不敢上街销售矛和盾了，虎父家中的仓库里堆满了卖不出去矛和盾。虎父的儿子问他："老爸，你怎么不再去街上摆摊出售矛和盾啊？"

虎父神情落寞地说："不好意思再去了，一上街就会有人拿'自相矛盾'的故事嘲笑我。"

虎父家的兵工厂停工了。虎父没再让儿子在家跟着他做矛和盾了，而是让他外出闯荡世界去了。

虎父家的矛和盾就那样积压着。

市场真是难以预测，谁也没有想到五年后，虎父家积压的矛和盾竟然成了畅销货。

那天，虎父正在屋外的山墙根下晒太阳，突然来了一拨人，手里拿着矛，虎父吓了一大跳，不知他们要干什么，这拨人来到他面前恭恭敬敬地鞠了一躬说："老伯，我们是来买你家的盾的。"

虎父说："我家的盾质量不过硬呀。"

"不要紧的，我们带着矛来检验了，只要我们的矛戳不穿你家的盾，我们就买下。"

虎父在他们的帮助下，搬出了仓库里的盾，他们用自己带来的矛去戳虎父家的盾，奇怪的是竟然都没戳穿。

第二天，又来了一拨人，手里拿着盾，要买虎父家的矛，虎父说着同样的话："我家的矛质量不过硬呀。"

来人说："不要紧的，我们带着盾来检验了，只要你家的矛戳穿了我们的盾，我们就买下。"

结果虎父家的矛无一例外都戳穿了他们带来的盾。

随后几天又来了很多人，既有买矛的又有买盾的。不到一周的时间虎父家的矛和盾就销售一空。可是仍有很多人上门求购。

虎父不得不重抄旧业又开起了兵工厂。在别人家的矛和盾销不动的时候，虎父家连粗制滥造的矛和盾也畅销无比。

短短的几个月时间，虎父就赚了个盆满罐满。可是，虎父的心里却充满了问号：为什么突然天降财运？为什么那些人带来的矛都戳不穿我家的盾？为什么那些人带来的盾都被我家的矛戳穿了？是我家的矛和盾的质量真的是天下第一吗？

直至年终儿子回家来看望他时，虎父才恍然大悟。

儿子是坐着八抬大轿，被人前呼后拥着进门的。原来儿子早已是本县县尹了。

叶公为什么好龙

春秋时代，楚国有一个名叫沈诸梁的人，是楚国叶县的县令，因此人们尊称他为叶公。

叶公有一个最大的嗜好是爱龙。他的皮带上刻着的是龙，家中每一件酒器上刻的是龙，吃饭的碗上刻的是龙，卧室里的每一件家具上刻的也是龙；还有衣服上绣的是龙，被子上绣的是龙，墙上画的是龙，地面画的是龙；就连叶公与人说话时，也不知不觉地爱把话题扯到龙上。

叶公爱龙，带动着县里的那些大小官员、普通百姓也纷纷效仿。于是叶县迅速地掀起了一股爱龙的热潮。叶公身体力行，在很多公开场合也大讲龙文化，县里各部门的头头脑脑们当然要与县令保持高度的一致，他们各自拿出招数，或举办"金龙文化节"，或组织"舞龙灯比赛"，或开展"爱龙书画大赛"……叶县下属的各乡镇也不甘落后，纷纷修建了龙庙，雕塑了龙像……

叶县电视台也将台标换成了龙的图案，叶县的报纸也把本县称为"龙的故乡"。就这样龙顺理成章地成了叶县人的图腾。

声势造足了，影响就大了。叶县的爱龙之举很快传遍了全国，楚国的相国也很快知道了这件事，相国先是发文好好地表彰了一番叶公，称其思想进步，领导有方，走出了一条有特色的龙文化之路。随后，相国决定亲自到叶县视察一番。

相国来到了叶县。叶县的爱龙果然名不虚传。沿途国道旁的树木上绘的是龙像，隔不了几里路就能看到一座巨大的龙的雕像，还能听到路旁的村民们在敲锣打鼓地唱着爱龙之歌。相国参观了县衙，还去叶公的私宅看了看，每到一处都满意地点了点头。

晚上相国下榻在叶县最豪华的五星级宾馆。叶公前去拜见。相国说："叶县令，你知道吗，我属龙，我从小就是一个爱龙的人。我对龙充满了感情，看到有人爱龙我心里就高兴。真没想到我竟然遇到了你这样一个知音。我回去后要提拔你，把你调往我的身边……"

叶公感激得热泪盈眶，连连磕头。

相国离去时，叶公特地奉上了一尊用24K纯黄金铸就的龙像。相国接过龙像时笑得满脸放光。

其实，这时叶公也在笑，不过他的笑是在心里。叶公庆幸自己几年的付出终于有了回报。早在上任之初，叶公就多方打听，获知相国的最大嗜好就是爱龙，于是叶公投其所好，精心策划实施了他的"爱龙计划"，功夫不负有心人，果然凭此有了接近认识相国的机会和资本，不然凭他一个小小的县令，要想引起相国的关注重视，要想脱颖而出，那简直是白日做梦。

待相国的马车离去后，叶公竟然笑出了声。

第二天叶公宴请本县各部门的头头们，席间暗示大家他即将赴朝中任职。这些官员们该是何等的精明之人，谁不懂得放长线钓大鱼的道理，当天晚上就有很多人上门来了……

叶公在静静地等待朝廷的任命文件。

可是，几个月之后文件没等来却等来了天上的真龙。

叶公这样爱龙，终于被天上的真龙知道了，真龙深受感动，决定亲自来人间给叶公看看。这天，它从天上降到了叶公家里，龙头搭在窗台上探望，龙尾伸到了厅堂里摇摆。真龙猜想叶公看到它后一定会惊喜兴奋欢笑。

叶公此时正在看刚刚接到的朝廷发来的一份文件。突然看到了从天而降的真龙。可是，让真龙失望的是，叶公并没有它预想的那种惊喜兴奋欢笑，叶公淡淡地说："你来干什么？你来的真不是时候。"

真龙不解其意，它问叶公："这几年你不是一直喜欢我吗？怎么说我来的不是时候呢？"

叶公神情忧郁地叹了一口气说："可惜啊你来迟了，我从现在起不再爱龙了。刚刚接到朝廷文件，相国因病去世了，新任相国是属蛇的，他最讨厌的是龙，他最爱的是蛇啊……"

叶公说完将文件扔进了纸篓，随手关闭了窗户。

买椟还珠新编

  楚国人老艾开了一家珍珠专卖店，生意很好。可是几年之后国内珍珠需求渐渐达到了饱和状态，珍珠慢慢销售不动了。老艾审时度势欲开拓新的市场，把珍珠推向周边国家。

  老艾决定先到郑国试试。通过几天的市场调研，老艾发现郑国的堡垒县人最爱珍珠。那就先向堡垒县进军。

  老艾来到堡垒县，在县城繁华的地段租了一间门面，摆出珍珠销售。可是生意还没开张，就来了一群身穿制服的人，亮出了工商执法证，二话不说就要强封店门。老艾上前与他们理论，一个头头模样的人说："你这属于无证经营，违反了我县工商管理条例，必须先办证后开业。"

  老艾掏出烟发了一圈，说："对不起，初来乍到不知贵县法规。"然后小心翼翼地问，"能否指点一下到哪儿去办证呢？"

  头头模样的人点燃烟，猛吸了一口，话随烟一起吐出："当然到县衙找县令啊。"

  老艾怀揣几颗上好珍珠出来后，锁上了店门。工商人员马上在门上贴上了封条。

  在去县衙的路上，老艾向人打听县令的情况，没想到县令的口碑很好，大家都说他是一个廉洁自律的好官，从不会索贿受贿以权谋私。

  到了县衙后，老艾给了师爷一颗珍珠，师爷把他引荐到了县令面前。

  老艾毕恭毕敬地说："大人，我想在贵县开一家销售珍珠的小店，请您批准。"说完将几颗晶莹剔透的珍珠放在桌上。县令板着脸看了一眼珍珠后说："你知道你这是什么行为吗？我一世清白的名声岂容你用几颗珍珠来玷污？大胆！"老艾吓得浑身颤抖，连头也不敢抬。好在县令马上缓和了语气："收回你的东西吧。至于你的营业执照问题，我们会开专题会议研究的，你回去等候消息好了。"

老艾拿起珍珠灰溜溜地出门了。一路上老艾想，在楚国屡试不爽的方法，到了郑国真就这样失灵了吗？这个县令果真是一个清廉的好官？

老艾回去后等了好几天，但一直没有消息。连续几个晚上，老艾冥思苦想，终于有了办法：既然县令不收珍珠，那我就卖给他。

老艾选了一颗硕大的珍珠，然后特地为这颗珍珠配上了一个包装：椟。椟上绘满了红红绿绿的图案，漂亮极了。

老艾第二次来到县衙，见到县令后说："大人，我从贵县百姓的口中知道，您是一个廉洁的好官。您上次拒收珍珠的行为令我敬佩不已。今天我不送您珍珠了，我卖给你一颗好吗？"

县令绷着脸回答："好哇。"

老艾拿出装有珍珠的椟，双手递给县令，县令冷着脸接过去打开。县令紧盯着里面足足看了三分钟，然后关上。马上又打开看了半天，表情这才生动了很多，语气也温和了起来："好，这颗珍珠我买下来。你开个价吧，多少钱？"

老艾说："就按目前的市场价，一两纹银。"

县令很爽快地吩咐管家拿来一两纹银交给了老艾。

就在老艾刚准备跨出门时，县令叫住了他："你回来，这珍珠还给你吧，椟我就留下做个纪念。"

老艾说："这怎么行？您买了就应该归您所有，哪有我又拿回之理？"

县令说："你拿回去吧，不必多说了，你来敝县经商也是在为敝县经济发展做贡献，我这个做县令的理当支持！"

第二天县令就让师爷把营业执照送到了老艾手上。老艾的珍珠就这样一举打进了堡垒县的市场。

堡垒县新闻干事听说了县令买椟还珠的故事后，深深为县令支持外商的行为所感动，连夜撰写了一篇题为《清正廉洁作表率，买椟还珠传佳话》的文章发在了《郑国日报》上，县令一时成了领导干部的楷模，在全县乃至全国老百姓心中的形象更加高大。

老艾看了报后，撇着嘴角笑了："哼，舍得孩子套住狼，没有我攻不破的堡垒。"

也只有老艾知道，他送给县令的那椟可不是一般材料制作的，在那红红绿绿的外表下，是由24K纯黄金打造而成。

骇人的叹息声

我家住在一个古老的小镇上。

镇上的人最不愿意去的是我家的铺子，就连从我家铺子门前经过，也没有谁愿意多停留一步的，生怕沾染上了什么晦气似的。但我家的铺子并不因为人们的讨厌而关门大吉，依旧每天在太阳升起的时候敞开朱红的大门。月有阴晴圆缺，人有旦夕祸福。四万多口人的镇子，隔不了一段时间总会有人哭丧着脸找上门来。

我家开的是棺材铺。

别人不喜欢我家，我却很喜欢我家。我喜欢我家那种神秘幽静的气氛。在这样的一种气氛下看书学习效率往往会很高的。

我家的后院有三间屋子存放棺材。三间屋子的门楣上分别写着"杂木"、"松木"、"红木"。不同的材质供不同经济能力的家庭选用。那些红木棺材都是有钱有权有势的人，提前给自己预定好了的。因为我们这儿有个迷信的说法，提前给自己预定好棺材，就能祛病除灾长命百岁。

镇长和镇里的那些有头有脸的官员们，都预定好了这样的上等棺材。为防止别人选去，他们就在棺材的盖上贴上自己的名字。

我每天放学后就掇一张椅子，坐在那些棺材旁边完成老师布置的家庭作业。

一天，我正在聚精会神地默写英语单词时，听到从旁边的一具杂木棺材里，传出了一声很悲哀的叹气声："唉！"。我吓了一跳，围绕那具棺材转了三圈，没有发现有什么不对劲的地方。

第三天，镇上的一个卖烧饼的老头就得脑溢血去世了，随之那具叹气的棺材就被他的家人买走了。

一个星期后，我又听到一具松木棺材在叹气。我心中暗想：是不是又有人后天要离开这个世界呢？

果然第三天，建材店老板的儿子在外出进货途中发生了车祸，那具叹气的棺材也随之被他家买走了。

　　我不由得暗暗称奇。看来那些棺材很神奇，我发现只要一有棺材叹气，不出三天镇上准会有一条生命要在这个世界上消失。

　　我把我的发现跟很多人说了。起初大家都不相信，甚至怀疑我的脑袋是不是进水了。

　　一个星期后，就验证了我的话正确无误。那天，我正坐在存放红木棺材的屋子里看小说，突然听到身后的一具很漂亮的红木棺材"唉"地叹息了一声。我连忙查看那具棺材上贴的名字，是一个叫"操下金"的人定购的。我马上出去告诉了很多我认识的和不认识的人说，后天有一个叫操下金的人要死。他们还是不相信我的话，有的甚至说我是不是书读呆了精神分裂。我也不想争辩，只是说了句等着瞧吧。果然，第三天镇上就轰动了，有个叫操下金的分管城建的副镇长，因贪污受贿东窗事发而跳楼自杀了。

　　大家这才相信我的话不是信口雌黄。有的人开始叫我半仙。

　　于是，人们相信了我。相信了我后就开始有人心里惶惶的。最害怕的是镇府大院的那些头头脑脑们。最先找我的是镇长。镇长几乎天天要打电话问我，听到那具最威武的正面写着一个大大的金色的寿字棺材有响动没有，当我说出没有听到叹息声时，电话那头的镇长说了句谢天谢地后就挂了电话。还有很多预定了棺材的人，时不时打来电话询问。那段时间我家的电话成了热线，有的人不分白天黑夜，深夜十二点钟也打电话来询问，说什么不问清楚一整夜就睡不着。我真不知道这些人为什么这么害怕，身体棒棒的能吃能喝能玩能睡的，何必要庸人自扰呢？

　　他们可不管我是怎么想的，更不管是不是侵扰了我的正常休息，依旧经常半夜打来电话询问。搞得我那段时间白天上课毫无精神，总是睡着。害得我天天挨老师的批评。我心里很烦。

　　那天凌晨两点，我睡得正香，突然被一阵急促的电话铃声惊醒。是镇长打来的，问我晚上听到了什么声音没有。我正是一肚子火没地方发泄，就对着话筒大声说道：我听到了，我刚才听到了那些红木棺材都在叹息！

　　电话那头只听"咚"的一声，就再也没有任何响动了，估计是镇长晕倒了。我可管不了那么多，我倒头又进入了梦乡。

第二天听人说镇上爆出了特大新闻：镇长和好几个官员主动到县纪委坦白交代了他们贪污受贿的事实。

第三天，没人离开这个美好的世界，镇长和那几个官员都平安无事，只是被双规了。

说来也怪，此后我再也没听到过棺材的叹息声了。

房子三平米

我决定进军房地产业。

妻子本来很支持我的决定，但当她看了我的楼盘户型设计图纸后，哧地笑出声来："你的脑袋里是不是少根筋啊？你这建的是住房还是鸽子笼？"

我就知道妻子甚至包括很多人，不会认同我的这一大胆创新的户型设计方案的，因为在人们心目中，如果要购房，必须考虑的是几厅几室，几厨几卫，没有谁不希望住房宽敞。可我的户型设计却是别出心裁：每间房子只有3平米。

我的这一伟大的构想，是那天上中药铺买药时突然萌发的。当我看到中药房那一格一格的抽屉后，我想如果把房子的户型也设计成这样，岂不是能多解决一些人的住房问题？

说干就干。我把楼盘定名为"安居园"。办齐了一切合法的手续后，"安居园"开始打桩动工了。当然，动工之前，我鼓动如簧之舌说服妻子接受了我的决定。但妻子还是很担心："假如楼盘建成后无人问津怎么办？那我们奋斗这么多年的积蓄不都打了水漂？"我说："放心，我的'安居园'不会没人购买的。"我顺便开了个玩笑说："即使真的没人要，我们还可以租给别人养鸽子嘛！"

施工在紧锣密鼓地进行。一年后，"安居园"竣工了。

开盘之前，我印发了一万多张宣传单，到处散发。还在电视上用飞白字幕打出广告："让你在城市拥有一间属于自己的房子，不再成为遥不可及的美梦。'安居园'帮你梦想成真……"

"安居园"开盘这天，异常火爆。不到一上午，所有的楼层被抢购一空。还有很多没有抢到房的人，询问还有没有第2期工程，表示愿意先出一半的定金预购。

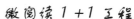
　　这可是我们这个城市少有的现象。以前任何一栋楼盘开盘都没出现这样踊跃抢购的场面，不说远的，就说与"安居园"仅隔一个街道的"山河花园"吧，开盘至今已有一年多了，尽管采取了各种营销措施，还有十几套房没有卖出去。原因是什么，大家都明白，房价太贵，在我们这个城市，每平米已达 1 万元。一套 120 平米的房子就要 120 万元，很多人只有望"房"兴叹了。

　　记者们的嗅觉总是最灵敏的。市电视台记者来到了现场，在忙着采访购房者，探寻被他们称作为"安居园现象"发生的原因。

　　第二天，我和妻子一块看电视，妻子说："老公，你是怎么想到这 3 平米户型的房子会畅销呢？"

　　我刚准备回答妻子，却看到电视里正开始播放昨天"安居园"采访的现场报道。报道的题目是："安居园现象"折射出了什么？

　　我说："先看电视，看完再说。"

　　画面在移动：售楼部窗口排着长长的队伍……售楼部前拥挤的人群……营销人员周围挤满了咨询的人……拿到钥匙的人眉开眼笑的脸……拿着银行卡却没排上号的人的沮丧的眼神……

　　记者连续找了十几个人采访，提出的是相同的问题："请问，3 平米的房子仅仅只搁得下一张床，你怎么会想到去购买？"

　　这也是妻子想在我这里得到答案的问题。妻子瞪大眼睛，紧盯着屏幕。

　　一个 40 多岁的农民工模样的男人说："我来这城市打工十几年了，一直是租房住，赚的钱一半都付了房租。现在我只花 3 万元，就有了自己的房子。我真幸运，有 3 平米就够了，只要能放下一张床就行了！"

　　一个 30 多岁的女人说："我在城里捡垃圾，没地方睡，每天都是睡在候车室，夏天蚊子咬，冬天冻得睡不着，我真高兴，现在我总算有了落脚点了！"

　　一个 20 多岁的小青年说："我谈了好几个对象，一听说我没有房子，结了婚连睡觉的地方都没有，就跟我拜拜了。我真快乐，现在 OK 了，终于有了自己的房子，小是小了点，但睡觉总不成问题吧！"

　　一个看不出年龄的衣衫不整的人说："我每天总是睡桥洞，晴天还好对付，要是遇上大风大雨的天气，那个惨啊……感谢上帝，我真命好，现在终于有个安身的地方啊！"

一对在城里打工的中年夫妻也接受了采访，老公说："我们两人都在城里打工，可住的是工棚，每天能见面，就是没地方亲热，那个难受劲儿……算了，甭提了，现在好了，我们终于可以天天在一起了。我们真幸福啊！"

　　一对白发苍苍的老两口说："我们将房子让给了儿子结婚后，就没地方住，几年来都是住在附近工厂破旧的废仓库里，现在好了，终于有个安稳的住处了，我们知足了！"

　　……

　　我的脑子随着屏幕上采访对象的切换，也在旋转。这些人的遭遇我早知道，我就是据此作出兴建"安居园"的决策的。但现在听了这些生活在我们这个城市最底层的人的心声后，我的心不禁沉重起来。

　　再看妻子，妻子泪流满面。

　　我问："你怎么了？"

　　"我……我心里难受！"妻子哽咽着说，"老公……还有那么多人……没排上号，我们赶紧开始……第二期工程吧！"

　　在妻子说这句话时，其实我心里早已作出了上马第二期工程的决定。但很快我又陷入了沉思：仅靠第二期工程那几十间 3 平米的房子能彻底解决问题吗？

舅舅的手表

　　舅舅爱我，我也爱舅舅。隔不了一段时间我就要到舅舅家住上两天。这天我又来到了舅舅家。我爱在舅舅的书房找书看，我看见舅舅书房里的写字台边有一个很大的保险柜，我对它充满了好奇，总想看看里面装的是什么。有一天，我无意看到舅舅打开了保险柜，我惊奇地发现里面除了有一捆捆的钱外，还有很多手铐。

　　我不解地问舅舅："舅舅，你怎么在保险柜里放这么多手铐呀？"

　　舅舅回身揪了一下我的小脸蛋说："你个小屁孩乱说什么？这是手铐吗？这是手表。"舅舅边说边拿出了一只戴着又退下，退下又戴着地把玩，我紧紧盯着舅舅手里的那玩意，瞪大眼睛仔细分辨，我在电视里看到警察叔叔抓坏人时用的就是它，它的的确确是手铐呀。

　　我固执地说："舅舅，这不是手表，这就是手铐。"

　　舅舅轻轻地弹了我一脑瓜崩说："小家伙，你是不是眼睛有毛病，改天带你去看看医生。"

　　我没再理舅舅，跑到舅舅的书架上随便抽了一本书拿到姥姥的房间看去了。

　　晚上，舅舅回家高兴地亮着手腕说："瞧，我的新手表。"

　　姥姥连忙拉着舅舅的手欣赏。姥姥说："老贵吧？"舅舅说："上十万呢！"

　　我一看舅舅手腕上戴的不是什么手表，还是手铐。我说："舅舅，你怎么老戴着手铐？"

　　舅舅这回生气了，说："小子，看来你真的是得了眼病，看清楚了，这是世界名牌手表：劳力士。"

　　我一听笑了："'牢里死'，还有叫这个名字的手表？"

　　舅舅照我屁股上踢了一脚说："你这孩子，眼睛不行，耳朵也出了问题，怎么把'劳力士'听成了'牢里死'，真不吉利。看来明天得带你去看医生。"

第二天，舅舅真的带我到省城大医院去了，内科，外科，五官科，神经科等查了一遍，结论一致：眼睛和耳朵都没任何问题。

这下连我自己也奇怪了，检查结果一切正常，可我怎么总把舅舅的手表看成了手铐呢？难道我真的分不清楚手表和手铐？那天，我特地在小区门口看了看门卫老大爷的手腕上戴的是什么，我看见老大爷戴的是手表啊，怎么偏偏舅舅戴的就是手铐呢？为了验证我舅舅保险柜里的那些东西到底是手表还是手铐，我潜伏在宽大的落地窗帘后面，趁舅舅打开保险柜后转身在电脑上写着什么的时候，我偷偷拿了一只出来，第二天带到了学校。我在教室里拿出来戴在手上玩，我的手腕太小，戴在上面晃荡晃荡的，直闪光。旁边的同学看见了，惊奇地说："哇塞，这是金表哩。"于是很多同学抢过去戴着玩，我使劲揉了揉眼睛，奇怪得很，我看到戴在同学手上时不是手铐，而的的确确是一只漂亮的手表。可是下次到舅舅家偷偷放回舅舅书桌上时，我看到的又是手铐。

难道手表像孙悟空一样会七十二变？这大千世界真是无奇不有啊。

临近期末了，学习任务繁重了起来，我也没再去舅舅家，也没再纠结舅舅的那些玩意到底是手表还是手铐，我把心思放在了学习上。期末考试成绩出来了，我在班级排名第三，我高高兴兴地拿着成绩单去了舅舅家，我要让舅舅也分享一下我的高兴的心情。可是只看到姥姥在家，不见了舅舅。我问姥姥，舅舅哪里去了，姥姥红着眼睛说："舅舅出差去了。"

我问姥姥："那舅舅什么时候回家啊？"

没想到姥姥的眼泪一下流了出来，姥姥说："好孩子，听话，别再问了。舅舅到时会回的。"

我想舅舅。哭着问姥姥要舅舅。

一个多月后，我才看到了舅舅，是在电视上看到的，舅舅穿着一件黄背心，被固定在一个椅子上，旁边站着两个警察叔叔，舅舅正在回答对面审判台上的叔叔的问话。我惊奇地发现，舅舅手上戴着的就是手铐。

姥姥也在旁边看。我对姥姥说："我以前说舅舅戴的不是手表而是手铐，你们总说是我的眼睛有毛病，现在相信我没有说错吧，你看电视里的舅舅，戴的不就是手铐吗？"

姥姥没有回答我，她在那儿抹眼泪。

武松演讲

武松打虎之后名声大振，成为了阳谷县家喻户晓的人物。为了宣传武松奋不顾身、为民除害的英雄壮举，弘扬惩恶扬善、见义勇为的阳谷精神，阳谷县决定组织一个巡回演讲报告团，让武松在本县 15 个乡镇巡回演讲打虎事迹。但让阳谷县令头痛的是，县衙财政吃紧，一时拿不出那么多活动资金。为此县令召开了一个常委会，让大家献计献策。会议开了整整一上午，最后终于敲定了一个可行性方案：拉县里的知名企业赞助。

通知一发出，就有很多企业找上门来。

阳谷县透瓶香酒业集团董事长表示，愿出 40 万赞助这次活动。但他开出的条件是：武松在演讲中必须突出他是喝了阳谷县透瓶香酒业集团"透瓶香 20 年陈酿"后，壮了胆子才敢打虎的。

阳谷县香格里拉大酒店总经理表示，愿为这次活动赞助 30 万。但他开出的条件是：武松在巡回演讲中必须特别强调他是吃了阳谷县香格里拉大酒店主打菜"给力牛肉"后产生的力量才打死老虎的。

阳谷县鞋业有限公司法人代表表示，愿为这次活动赞助 20 万。但他开出的条件是：武松在巡回演讲中必须突出他是穿上了阳谷县鞋业有限公司知名品牌"阿的打死"皮鞋，才一脚踢晕老虎的。

阳谷县武术学校校长表示，愿为这次活动赞助 10 万。但他开出的条件是：武松在巡回演讲中必须突出他打虎时所使用的全是阳谷县武术学校学到的醉拳才躲闪过老虎的一扑一剪一掀的。

阳谷县健身器械制造厂厂长表示，愿为这次活动赞助 5 万元。但他开出的条件是：在演讲中必须说：由于使用的是外地厂家生产的劣质哨棒，所以打断了，假如要使用的是阳谷县健身器械制造厂精心打造的"永不断"牌哨棒，只需一棒就会立毙老虎。

......

县令答应了他们的要求。这些企业也很守信用，第二天就把现金打到了阳谷县衙财政的账号上。

县令责令武松尽快按各赞助企业的要求写出演讲稿。武松花了整整5个晚上的时间挑灯夜战，写出了演讲稿。然后送给阳谷县令审批。

阳谷县令摇头晃脑地读了起来：

各位领导、各位朋友：首先我要真诚地感谢阳谷县透瓶香酒业集团、阳谷县香格里拉大酒店、阳谷县鞋业有限公司、阳谷县武术学校、阳谷县健身器械制造厂等我县知名企业。我是喝了阳谷县透瓶香酒业集团"透瓶香20年陈酿"后，壮了胆子才敢打老虎的；我是吃了阳谷县香格里拉大酒店主打菜"给力牛肉"后产生的力量才打死老虎的；我是穿上了阳谷县鞋业有限公司知名品牌"阿的打死"皮鞋，才一脚踢晕老虎的；我是使用从阳谷县武术学校学到的醉拳才闪过老虎的一扑一剪一掀的；我由于使用的是外地厂家生产的劣质哨棒，结果打成了两截，假如使用的是阳谷县健身器械制造厂精心打造的"永不断"牌哨棒，只需一棒就会立毙虎命……

阳谷县令看着看着皱起了眉头。最后摇摇头说："你这演讲报告不行，还得重写……"然后把报告扔给了武松。

武松从头到尾一字不漏地仔细看了10遍，也没有看出什么地方不行。没办法，武松找到了县令身边的师爷，请师爷指点迷津。师爷老给县令写报告的，他看了开头几句就知道过不了关的原因。师爷提笔在开头添上了一句，武松再送给县令审阅，县令看后笑眯眯地点了点头，批示：同意演讲。

师爷添的那句话是："首先我要真诚地感谢阳谷县四大领导，没有以县令为首的各位领导的正确领导，我是打不死老虎的。"

我们的局长出书了

我们的局长没有特别的爱好，就是业余时间喜欢摆弄文字。虽说变成铅字的不多，但他并不气馁，仍然笔耕不辍。自从有了电脑后，局长也与时俱进，在电脑上开设了博客，玩起了电脑写作。

令局长没有想到的是，博客开通后，他的文章的点击率直线上升。局长的文章只要一贴上，当天就有一千多条跟帖评论，有的网友一次就跟帖十多条。局长怎么也没有料到他的文章一下子就火了起来。局里有局长在的场合讨论局长的文章成了大家的重点话题。这反过来又更加刺激了我们局长写作的积极性。局长博客的更新速度很快，有时一晚上能贴出三篇。不到一年局长的博文就达到了400多篇，局里的人都称局长为高产作家局长。

尽管这样局长还是在有些场合流露出了些许遗憾：电脑上阅读总不如书本那样放在床头，拿在手上阅读过瘾。还是办公室詹主任最先领会局长的心意。

詹主任是我大学的同学。那天我们在一起蒸桑拿，我问他怎么就知道局长有出书的想法，他意味深长地笑了笑说："猜的，错不了!"

詹主任办事雷厉风行。精选博文，请人作序，筹集资金、购买书号，联系出版，不到一个月的时间，就瞒着局长把书出版了。还给局长的书取了一个很好听的名字：《人生凌绝顶》

詹主任邀我一起给局长送样书。当局长看到那印制精美的封面上著着自己的名字时，两眼放光，手微微地抖动，说话也有些不利索了："好……你个……小……詹……"我听不出局长这句话到底是什么意思，还有点担心我的同学做了件吃力不讨好的傻事。

詹主任先偷偷对我眨了眨眼，然后转向局长语气充满了十二分诚恳地说："局长，请原谅我的自作主张，你的文章写得太好了。不出本集子，是读书界的一大损失，所以，我……"

没等他说完局长就打断了他的话："别说了，工作去吧！"

走出局长办公室，我还在为老同学担心，问他："局长没说好不好，是不是生你的气了？"

老同学照我的肩膀上狠狠地擂了一拳说："放心吧，搞定！"我想了半天，也不知他说的搞定到底是搞定了什么。

局长的书首印1000册，放在局图书馆销售，不到一上午就被大家抢购一空。几个副局长和各科室的头头每人至少买了10册，说是送给自己的朋友欣赏学习的。我也买了一本。说实话，局长的文章我在博客上都看过，并不怎么好，甚至有些篇目完全是不知所云。

随后的几天，大家办公室的案头都摆有局长的《人生凌绝顶》。那几天局长走进局大门时总是一副笑眯眯的样子。

有一天局机关开会，局长列举了一长串名单大大表扬了一番，说他们热爱学习，热爱读书，是本局的骨干精英。我耐心地听完了那一长串名字，里面竟然没有我。最后局长说："我局有少数人自以为是名牌大学毕业生，目空一切不重视学习，不求上进，这样的人我们要批评！"

我隐隐约约感觉到局长似乎在说我。但又觉得不是我。我自认为我是求上进好学习的，就拿局长在博客上发表的文章来说吧，几乎每篇我都认真看过，并写下了我真实的评点。而不像其他一些人，根本没看局长的文章，一点击开后就大量灌水，送上一些廉价的溢美之词。局长说的不应该是我啊。

我找到我的同学詹主任。说了我的想法。他问我局长的书买了没有，我说买了。詹主任搔了几下头皮后又问我："你亲自送给局长在书上签字没有？"我说没有。詹主任一脸坏笑："你现在明白原因了吧？别人都买了书后送局长签字了。"

"哦！……"我似乎懂了，又好像没懂。

我也不想找局长去解释，我仍旧做着我该做的事。日子就这样慢慢向前。转眼几年过去了，我们的局长也光荣退休了。我的同学詹主任已经荣升为了詹局长。我还是一个小小的秘书，空余时间我仍然看评局长的博文。我发现局长的文章大有进步，写得越来越够发表的水平。

局长在他62岁时，他自选了150篇文章，又出了一本书。这本集子有很高的欣赏价值，值得阅读收藏。局长也同样印了1000册。交给局图书室销售。一个多月过去了只卖出寥寥的几本。

我心里很不好受，找到现在称为詹局长的我的同学，请他帮局长的书找点销路。

"那也叫书？笑话，扯了擦屁股都嫌硬了，还不如卫生纸呢。"詹局长说完就盯着手中的文件没再抬眼。我知趣地默默退出。

走出局机关大门，一看天阴沉沉的。

"老局长啊，出书也要把握时机呀，不是人生凌绝顶的时候，你出什么书呢！"我仰天长叹。

原来出名很容易

我想出名都想得快要发疯了。

出了名就是名人。做名人该多好，随手扔掉的一双破皮鞋，也会有人当宝贝似地捡去拍卖或收藏；随便在镜头前扭两下屁股也能成为形象代言人，还能赚到巨额的广告费。

然而，名人却不是人人都能做的。起码我就不行，不是我妄自菲薄，而是我先天的硬件没有一样是达标的。用我曾谈过几天恋爱后来吹了的男朋友的话说，我浑身上下该凸出的地方不凸出来，该凹进去的地方不凹进去，既没盘子又没条子，横看竖看看不出一点女人味儿来。我又没有一个显赫的家庭背景，父母都是老实巴交的农民，根本不能给我提供任何的帮助。

怎样才能出名呢？这是我每天都在苦苦思索的问题。

有天晚上，我一个人在外面散步，仰望天空那一轮又圆又大的明月，我突然得到了一种启示：何不向月亮学习借助太阳发光？旋即，我还为我的这种想法寻找到了两个事实论据：有人在媒体上大骂名人，一不小心自己也就成了名人；有人找一件无聊的事同名人打一场官司，二话不说自己同样也成了名人。

我是一个女人，骂街的事我做不出来，打官司又没那个胆量，我的突破口在哪儿呢？我又苦苦地思索开了。蓦地，我脑子灵光一闪，想到了一个办法：对了，嫁给名人。

主意已定，下一步就是物色人选。有一天我无意从报纸上看到一则消息，说是我国著名的航天专家诸葛先生的夫人去世了。诸葛先生是我国航天领域的泰斗，是世界级的名人，要是嫁给了他，我想不出名都不行。

嫁给他我最大的优势在年龄上，诸葛先生今年72岁，我27岁，我甘愿做那嫩草让这头老牛去慢慢地品尝。

我终于如愿以偿了。和诸葛先生携手走上红地毯的那一刻，我骄傲得像一只白天鹅。当记者们的那些长枪短炮对准我俩时，我没忘记左手挽着先生右手向各位来宾频频挥动。

第二天，京城的各大媒体，连篇累牍地报道了我俩婚礼的盛况。报纸上是我灿烂的笑脸，屏幕上是我陶醉的样子。我这个大山中走出来的黄毛丫头，一下子成了全国乃至世界闻名的贵夫人。

我就这样出名了。

名人的光环耀眼得很，名人的日子风光得很，名人的力量强大得很。就连我家乡的县里领导也经常来看望我，当然他们提出的要求我从来没有拒绝，次次都是让他们满意而归。

日子就这样有滋有味地在流逝。我与先生共同走过了八年时光，先生八十岁那年撇下我离开了这个世界。

没有了先生的光环罩着，我又成了一个毫不起眼的女人。门前冷冷清清，家中了无生趣。没有人再关注我了。

我不甘心，我才三十五岁呀。我得想办法把人们的注意力转移到我的身上。好几个不眠之夜后，我终于又想出了办法：出书。

不能让我淡出公众的视线太久了，太久了他们会更没有热情。说干就干。我花钱请来枪手，用了不到一个月的时间就写出了两本书：《我和诸葛先生的闺房秘闻》和《老夫少妻泪多少》。我预想这两本书一定会火的。

果然不出我所料，不到一年的时间一版再版，发行量达到了五百万册，轻而易举地登上了当年的畅销书的榜首。我一下子又成为了炙手可热的名人。

唉，真没想到原来出名很容易的。

吹拍之星

老范和小代是来这个城市出差的，正好赶上了该市在举行"吹拍之星"擂台赛。擂台设在东方广场，比赛内容有两项：一是吹，看谁能在最短的时间内将相同大小的气球吹破；二是拍，看谁能将皮球拍得离开地面到落到地面时间最长。

老范赶到时，台上守擂的是一个20多岁的小青年，主持人正在公布他的成绩：吹项18秒，拍项10秒。

老范在台下看了半个多小时，这期间有十几个人上去攻擂，但成绩都不如那个小青年。随后台上冷场了，主持人连问了十几句"还有没有攻擂的"，依旧没人上去应战。主持人刚准备宣布小青年为本年度"吹拍之星"时，老范脱掉上衣让小代拿着，然后声若洪钟地说："让我来试一试吧！"

老范很有明星风范，他上台后抱拳向台下施礼，然后从主持人手里接过气球。"噗"地只吹了一口气，气球就炸了，主持人大声地宣布成绩：2秒。

台下有人在喊："再来一次，我们还没看清楚。"

"好吧……但我想把气球换成热水袋。"老范对着麦克风说道。

吹热水袋的表演，他们只在中央电视台"大挑战"节目中看到过，谁不想现场一见呢？大家的情绪被调动起来了，台下马上有人买来了热水袋。

在观众的热烈的掌声中，老范猛吸一口气鼓圆腮帮，几下就将热水袋吹爆了，主持人宣布成绩：6秒。

现场"哇"声震天。

接下来是拍皮球。只见老范不慌不忙手腕轻轻运力拍向皮球，在人们还没看清时，皮球就弹向了空中不见踪影，好半天才见一个小黑点落下，主持人惊喜地宣布成绩：2分钟。

台下又是一阵巨大的声浪。

"还有没有人攻擂……"主持人环视台下，大声地询问，可是连问了多遍，没人应声。主持人拉住老范的左手举起来激动地宣布："本年度的'吹拍之星'——老范！"

老范微笑着从主持人手里接过了"吹拍之星"的奖杯。

按照程序，"吹拍之星"获得者要谈谈成功的经验。主持人问老范："你这么高超的吹拍之功是怎么练出来的？"

台下的观众也很想知道，现场寂静无声，大家都竖着耳朵等待答案。

老范很得意地回答："我不是刻意地去练出来的，我是在平时的工作中摸索出来的。"

"那你是干什么工作的呢？"主持人好奇地问。

"我……我……"老范嗳嚅着，半天不知怎么说。

这时小代上去解围了，他接过麦克风朗声说道："他是我们县的范副县长！"

台下一片哗然："哦……难怪吹拍功夫这么高啊……"

我要去当领导

老爸，我的工作落实了没有？问这句话时我还躺在床上，一边伸懒腰一边打呵欠。

老爸没好气地说，催催催，你就知道催，光指望别人，有本事靠自己，我看你大学是白读了的。

老爸的话并没有完全说错。四年的大学生活，专业知识没学到多少，歪门邪道的东西却装了一肚子。身上仅存的那点书生气早已荡然无存。睡懒觉，斗地主，打麻将，抽烟喝酒，说大话，追女孩，泡舞厅，出风头……这些项目倒成了家常便饭。

大学毕业已经两个多月了，我也懒得出去找工作，一切都交给了老爸。老爸有个战友在县电视台当台长，最次我去当个小记者应该不成问题。

老爸，别骂我了，电视台我到底去不去得了？我起了床正对着镜子梳头。

有你这样的儿子我这辈子恐怕别想省心，老爸横了我一眼说，已跟童叔叔说好了你明天就去报到。

万岁，我一扔梳子，跑上前去给老爸脸上来了一个响亮的亲吻。

别狂里狂气的，给我好好干，到了台里别叫童叔叔，就喊台长，记住，不要给我丢脸。老爸冷着脸狠狠地盯着我。

第二天，我就到电视台报到去了。台长肯定是和我老爸串通好了，他也是一脸的严肃。给你三个月的试用期，干好了留下，干不好走人。

随后，台里给我分配的第一个任务是，跟随《生活365》栏目组，采访一些不同职业的人，随机拍摄他们一天中的所作所为，制作出一期能透视出各个阶层人物的人生酸甜苦辣的专题节目。

我们迅速制定出了采访计划。在一个月的时间里选定10个人：农民，教师，菜贩，领导……采访他们在一天中的 5 个时间段里的活动。

经过两天的充分准备，第三天就付诸了行动。

我们采访的第一个对象是一位年过五旬的农民老伯。他的一天在我们的镜头里是这样度过的：

早晨：天刚放亮，一位脊背略显弯曲的老伯，肩上扛着一把锄头，牵着一头牛走出了家门。他把牛放在地边的一条小水沟里，让它自由地吃草，他自己在躬身锄地。

上午：老伯赤着上身，把门前垃圾凼里的土粪一锹一锹地扔上来。累了就在门前的树荫下歇口气，喝口茶，抽支烟。然后又接着干。等一大堆土粪堆在了门前后，老伯又扛着铁锨到田畈里看水去了。

中餐：一盘茄子，一盘炒西瓜皮，一碟腌酸豆。老伯吃得有滋有味。

下午：老伯又把上午扔起来的那堆土粪一担一担地挑到自家的责任田里。

晚上：老伯摇把蒲扇，在稻场上乘凉。

我们采访的第二个对象是一位年近三十岁的教师。他的一天在我们的镜头里是这样度过的：

早晨：身着一套红色运动衣，在操场上陪着学生一起做早操。然后又到教室里守着学生朝读。

上午：滔滔不绝地讲了两节课。另两节课在办公室埋头备课、批改作业。

中餐：在学校食堂窗口排队打了一份 3 元钱的饭菜，就在食堂大厅的饭桌上吃得放汗。

下午：第一节被主任叫去帮学校教务处搬了一节课的书，第二节又在教室上课，第三节又是像上午那样备课和批改作业。

晚上：看电视台热播的电视连续剧《乡村爱情》

我们采访的第三个对象是一位三十开外的大嫂。她原来在城里的一家工厂做事，去年下岗回家了。为了生存，她选择了在大街上卖菜。她的一天在我们的镜头里是这样度过的：

早晨：天还没亮就起床骑自行车到郊区菜农那里上菜。然后又骑到街上。这时天才刚刚放亮。大嫂摆好菜摊，开始叫卖。

上午：在摊位上方支起一把大伞，就坐在那儿。眼睛看着过往的行人，眼神充满了期待。不时有人问价、讨价还价，称菜，收钱，找钱……

中餐：男人骑自行车送饭来了。一个大搪瓷缸盖着盖。揭开只看到上面的黑不黑绿不绿的，也不知是什么菜。大嫂也许是早就饿了，风风火火地几下就消灭了。

下午：仍然是上午的重复。多了一点的是同一个讨价还价的女人大声争吵对骂了好一会儿。

晚上：躺在床上拿着遥控器胡乱地按了几个频道，觉得没什么感兴趣的节目，就关了电视。然后同男人拉家常。

我们采访的第四个对象是一位意气风发的领导。他目前在一个政府部门任着要职。他的一天在我们的镜头里是这样度过的：

早晨：天已大亮，领导别墅的门紧闭，可以肯定他正在睡懒觉。一直到上午九点才见他走出门来。司机一定是事先说好了的，当领导走下台阶时，车子刚好停在了他的旁边。

上午：先是开会。没到他发言时，领导就那样悠闲地坐在台上，喝喝茶水，上上卫生间。到他说话时，侃侃而谈，情绪激昂。会后就到休息室同另外的领导拿起扑克，玩经济半小时。

中餐：香格里拉大酒店。满满一大桌菜，五粮液酒。推杯换盏之间，喝得酣畅淋漓。在酒店的大门外还吐了一地。

下午：被一老板接走，在一五星级酒店的包房里打了整整一下午的麻将。

晚上：活动丰富：洗桑拿，异性按摩，歌厅飙歌，搂着漂亮的女人跳舞……宵夜。

……

按照计划我们圆满地完成了采访任务。制作出了一期精彩的节目。只是在领导的画面里作了一些剪辑和技术处理，其他的人原镜头照放。播出后反响强烈，收视率很高。很多企业找到台里要求投入广告重播。

这次采访所接触到的人和事，令我的思想发生了翻天覆地的变化。我要去找台长说说我的想法，没想到台长却先主动找到了我，他说他很满意我的表现，要提前给我转正。

我的决定却令他大跌眼镜。童叔叔，感谢你的抬爱和提携，我不想当记者了。

台长瞪大了眼睛，好像不认识我似的。别开玩笑了，不当记者，你想干什么？

　　我的回答令他的眼睛瞪得更大。我要去当领导。

　　台长一下笑了起来。你好大的口气，你会当领导吗？

　　我胸有成竹地说，当然会，我早就有领导的潜质，领导会的那一套，我在大学时就会了。

　　台长摇摇头，说了句，这世道……就走了。

绿麻雀

有一只名叫阿灰的小麻雀，自从去了一趟白洋淀看到了那漂亮的翡翠鸟后，就有了一个愿望：也要拥有一身像翡翠鸟那样的绿色羽毛。那天，当阿灰看到翡翠鸟的第一眼，就被他艳丽的外表深深地吸引住了，阿灰想：他们都是绿色的，为什么偏偏我们麻雀是这种灰不灰黄不黄的颜色呢？我什么时候要能变成绿色的就好了啊！

没想到不久，阿灰的愿望就实现了。森林里第一家"整容医院"开业了。其中一个服务项目就是改变羽毛的颜色，而且免费酬宾3天。尽管围观的鸟们很多，就是没有一只进去尝试的。阿灰动心了，他大胆地飞进去，成为了"整容医院"的第一个顾客。

当阿灰出来时，连他自己都不相信自己的眼睛，呈现在鸟们面前的简直就是一只小巧玲珑的美丽的翡翠鸟。

阿灰兴高采烈地飞回家去，他想在同类面前好好炫耀一番自己的新装。可是没有一只麻雀理他，麻雀们都用奇怪的眼神看着他，就像看着一只怪物。连她的母亲也说，你不是我的儿子。

一大群麻雀聚集在一起，对他指指点点，叽叽喳喳地似乎在商量着什么。阿灰刚准备上前去听听，却见这群麻雀气势汹汹地向他飞来。边飞边大声吼叫："赶走这个离经叛道，忘记祖宗的东西……"

阿灰吓得拍翅而逃。阿灰知道麻雀们眼里再也容不下他这个异类了。阿灰飞啊飞啊，飞到了一座村庄，在一棵树上停下了，想觅点食物填饱肚子。这时，一个孩子发现了他，孩子大叫："哇塞，竟然有绿色的麻雀呢！"孩子拿出了一个弹弓，装上石子，向他射来。幸亏阿灰有所警觉，躲过了一劫。

阿灰不敢停留，又继续向前飞去。飞啊，飞啊，飞到了一座城市的上空。阿灰停在一座楼顶休息。这时有人看见了他，看见他的恰好是一名鸟类研究专家。专家惊奇地瞪大了眼睛，在心里说："都说天下麻雀一般灰，这不就有一只绿麻雀吗？真是太珍贵了，我得捕获它。"

专家悄悄地拿出一把专业的捕鸟枪，轻轻地扣动了扳机。在阿灰还没有反应过来时，就被枪口弹射出的一张大网给罩住了。

专家小心翼翼地捉住阿灰，带回了研究所。很快专家就大失所望了，专家发现，那绿色根本不是自然生成的，而是染上去的。专家放了阿灰。

其后几天，阿灰又多次遭遇到了人类的袭击，万幸的是都被他侥幸地躲过。

没地方去的阿灰想家了，他开始往回飞。阿灰一路飞一路想："他们要又驱赶我该怎么办？"

在飞到"整容医院"门前时，阿灰突然有了办法：将绿色又整成灰色。医生慎重地告诉他："你可得想好了哦，别到时后悔，因为羽毛整容只能进行两次，你再要想整成绿色就不可能了。"阿灰坚定地点了点头说："想好了，不后悔。"

"这回你们总该不会说我是异类了吧。"回归本色后的阿灰，欢快地向家里飞去。

可是，到家一看，阿灰顿时傻眼了：他的母亲包括其他那些麻雀，都已整成绿色的了。

阿灰不知所措地怔怔地在站在家门口。就在他愣神的当口，母亲出来了，冲他吼道："还不快去整成绿色，不然他们又要驱赶你了……"

阿灰落荒而逃。

特殊任务

星期天上午9点，我正准备陪妻子去商场买衣服，手机响了，是中队长打来的，我心里条件反射地一惊。要知道这段时间一直没下雨，天气干燥，正是火灾多发期，两天前我们还开着消防车去一家服装超市灭火。是不是哪儿又发生了火灾？

中队长说："请你马上来队里，将消防车开到正在兴建的移民商厦，我在那儿等你。"我刚准备问是不是那儿发生了火灾，中队长已挂了电话。

我骑着摩托车来到了中队，发动了我的那台消防车向移民商厦开去。

到了目的地，我下了车。中队长马上走了过来和我握了握手。我环顾了四周，没有发现哪儿有火光或浓烟，中队长大概也看出了我疑惑不解的神情，他说："没有哪儿发生火灾，你今天来是奉上级命令执行一项特殊任务。"接着中队长向我详细交代了具体操作步骤。我问了一句："为什么要这样做？"

中队长马上严肃地说："你完成好任务就行，其他的就不要多问了。"

我迅速地按要求行动起来了。移民商厦共4层，砌体已封顶了，南边是一条宽阔的马路，由于动工以来一直没下雨，路上积了很厚的灰尘。我的任务其实不难，就是将消防车开到北边停好，然后接上水管，爬到顶层将水洒向马路。

一会儿我的准备工作全部就绪，中队长在楼下用对讲机向我发布命令："开始喷水。"我打开阀门，那白花花的水就如同天女散花般洒向了马路。开始只见灰尘飞扬，不一会儿马路上就变成一片泥泞。

对讲机里响起了中队长的声音："暂停。"

我关上了阀门。我莫名其妙地站在楼梯，真搞不明白，仅仅是给马路洒洒水，有必要跑到楼顶上来吗？这就是中队长所说的"特殊任务"？

几分钟后对讲机里又响起了中队长的声音："开始喷水。"

我马上拧开阀门，水又像下暴雨似地从天而下。我的视线随着"雨水"落在楼下，我看见一行人打着雨伞，穿着雨鞋，走进了"暴雨"中，他们在"暴雨"中左顾右盼，指指点点。我以前看过拍电视，我估计下面的人是在拍电视。

一会儿，对讲机里传来了中队长的声音："停止。收队。"

我下楼时，那群人已经坐轿车飞驰而去。中队长夸我的任务完成得很好。我问中队长："刚才是不是在拍电视？"中队长横了我一眼说："别瞎说。"

我把消防车开回了中队。

一个月后，移民商厦竣工。省电视台播放了我县的一则新闻，我惊奇地发现，电视播放的画面，正是我那天在楼顶看到的情景：一行人撑着雨伞走进"暴雨"中，左顾右盼，指指点点。播音员配合着画面在解说："在移民商厦的兴建过程中，县委领导曾冒着暴雨亲临工地视察督导……"

丢　钱

秋兰嫂的号啕大哭声连村子西头的人家都能听到。

很快全村的人都知道秋兰嫂家失窃了。这事搁在谁家的头上谁家都受不了。要知道秋兰嫂家失窃的可不是一笔小数目，那是憨牛哥在深圳辛辛苦苦打工一年赚回的8万元钱啊。

那天，当憨牛哥回家把那厚厚的8叠钱扔在床上时，秋兰嫂瞪圆的眼睛好半天都没眨一下。秋兰嫂说："你个憨牛，也不存在卡上，带这么多现金回，你不怕出事啊？"憨牛哥挠着头皮"嘿嘿"地笑了："有什么好怕的。我用一个破蛇皮袋子装着，谁知道里面是钱啊？"

秋兰嫂拿起一叠钱用手在上面摩挲着问："这一叠是多少啊？"憨牛哥说："一万。"

"我的妈呀，这可是8万哟，我们发财了！"秋兰嫂的声音里明显带着颤音。秋兰嫂和村里的很多人一样窝在家里侍弄那几亩田地，每年出产个万儿八千的，从来没见过这么多钱。以前秋兰嫂家的经济状况在村里算下等。秋兰嫂在和村里几个玩得好的姐妹们聊天时，一高兴说出了憨牛今年赚回了8万元钱的事。很快全村的人都知道憨牛家有钱了。

家里有了钱，秋兰嫂感觉到心里的底气比以前足多了，走起路来也蹬蹬蹬蹬甭提多有劲，遇到乡邻们时主动打招呼，话也比以前多了。可是秋兰嫂发现，人们对她表现出的热情似乎没什么回应，当她说什么时，很多人只是哼哼哈哈，似乎不想和她多说话。以前她和大家关系处理得很好哇，有时家里遇到点为难的事想找人借点钱，很多人都会热心快肠地伸出援助的手，还会安慰她说："不要紧的，你这只是暂时的为难，说不定过两年你家的日子就会好起来的。"

秋兰嫂想："现在我的日子好了，手头有钱了，他们怎么突然变冷淡了？"秋兰嫂莫名其妙。

这天秋兰嫂在一个土坎下挖地，突然听到旁边的路上有一群人在说话，好像是在说她家的事。秋兰嫂竖起耳朵仔细听，还真是在议论她家。

"赚了8万元有什么了不起的，瞧秋兰那婆子得意的样子，好像全村就数她家最有钱。"这是六麻子的声音。

"钱多怎么了，钱多还要八字蹬，蹬载不住害一场大病，十万八万都得扔进去。"这是三花嫂的声音。

"算她钱多，再多我家不会向她家借一分。"这是唐葫芦的声音。

"得瑟什么，老天有眼，赶明儿叫贼偷了去。"这是细猫子的声音。

……

秋兰嫂只感觉到头在发晕。待他们走远后，她才偷偷摸摸做贼似地上了土坎回家了。

秋兰嫂再外出时，不再主动和人打招呼，走路时把帽檐压得低低的。这时又有人在憨牛哥面前说话了："你老婆这段时间怎么像变了个人似的，以前看到我们那么热情，现在碰到了我们连话也不说，低头而过，是不是因为有了钱就看不起我们这些穷乡亲了？"

憨牛哥忙解释："怎么会呢？她可能是这几天身体不好吧。"

憨牛哥回家后就问秋兰嫂，秋兰嫂没把她听到的话告诉憨牛哥，她不想给憨牛哥心里添堵，只说这几天的确是感冒了不舒服。

憨牛哥是在去镇上买菜回来时，才知道家中失窃的事的。憨牛哥回到家时，六麻子、三花嫂、唐葫芦、细猫子等好多乡亲早都来家里，还在说着安慰秋兰嫂的话。当憨牛哥听说那一年的血汗钱不翼而飞时，憨牛哥愣在了那儿一动不动，然后蹲在地上双手薅着头发自言自语道："这年怎么过啊……这年怎么过啊……"

六麻子说："憨牛哥，别难过，损财折灾嘛，有什么困难我们帮你。"

三花嫂说："塞翁失马焉知非福啊，说不定你明年会赚得更多。"

唐葫芦说："憨牛哥，你不要太急，我今年田地里出了几千元，你拿1000元去，先去打点年货吧。"

细猫子说："马上去报个案，看公安能不能查出来，能查出来追回就好了，万一没查出来，先在我们这里拿点钱去过个年。"

……

憨牛站了起来，感激地望着这些热心的乡邻。秋兰嫂的哭声也止住了。

秋兰嫂再外出时，村里的人都会说着安慰的话，都会询问她家有什么需要帮助的，那份融洽的和谐和温馨又找了回来。秋兰嫂脸上有了笑容。随后秋兰嫂像什么事都没发生一样，该干什么就干什么。

大年初一这天，秋兰嫂交给了憨牛哥一张卡，说了句："给你，这是你那8万元。"

憨牛哥眨巴着眼问："怎么，派出所破案了？钱追回了？"

秋兰嫂诡秘地一笑说："我根本就没去报案，再说钱也没丢啊。"

长寿秘诀

阿梅躺在客厅里的沙发上看电视。她从广播电视报的预告上获知，马上将播出的是《健康生活讲座》节目，这期节目将请到一名资深专家，围绕长寿的话题给大家支招。阿梅一向关注健康，她希望自己能长命百岁。

一段广告后，节目开始了。主持人说："普及健康知识，提高生活质量。观众朋友们欢迎大家收看《健康生活讲座》。今天我们给大家聊一聊健康长寿的话题。健康长寿到底有什么秘诀呢？本期节目我们为大家请来了中国科学院生命科学研究专家邵焰火教授。下面让我们用热烈的掌声请出邵教授！"

画面上一位精神矍铄的老人出场了。

"邵教授。请你给我们现场的观众和电视机前的观众，谈谈要想健康长寿，我们日常生活中必须注意些什么。好吗？"主持人把麦克风递给了老人。

"好吧。"邵教授面带微笑，慈祥可亲。

阿梅聚精会神地盯着屏幕，看着邵教授。

邵教授说："曾经有很多朋友问我，健康长寿到底有没有秘诀呢？我这里要肯定地告诉你们：有。第一个秘诀是……"

这时，客厅右侧的副卧里传来了一个苍老的声音："阿梅，倒点水给我，我口渴了……"

这声音打搅了阿梅的兴致，她不耐烦地吼了句："喊什么喊，你没看我正忙着吗？"

邵教授在说什么，阿梅没听清楚，她一下把电视机的声音调大了很多。

"……饮食习惯固然重要，还有一个关键是每天要保持一个良好的心态……"邵教授在讲着。

"阿梅,你把电视的声音调小一些……我心脏受不了……"那个苍老的声音突然很响亮地又从副卧里传来。

阿梅一听就火了,骂了一句:"嚷什么嚷,受不了你怎么还有这么大劲叫喊,受不了就去死啊,你个老东西,今年82岁了还不去见阎王……

"你你你……"接着听见一个杯子摔到地上的刺耳的响声。

阿梅一下弹起来,拖鞋也没穿,跑进副卧吼道:"你个老不死的,砸坏了我的地板砖,我是不会饶你的!"

副卧的一张窄窄的小床上,半躺着一位面容憔悴的老人,她是阿梅生病卧床不起的婆婆。

"你你你……"婆婆指着阿梅,枯瘦的手在颤抖,"杯子是我不小心碰倒的……"

阿梅的声音一下高了八度:"我看你就是故意的。还不起来跟老娘把地上的碎片弄干净!"

"我……我……我要喝……水……"婆婆闭着眼睛在喘息。

"长寿的第三个秘诀是……"客厅里邵教授的声音很响亮地传了进来。阿梅狠狠地横了婆婆一眼,又跑向客厅。

阿梅自言自语:"这么有作用的节目没看着,就怪这老乞婆!"

邵教授还在讲着,阿梅自己也觉得电视的声音太大,有点炸耳,她把声音调小了。

电视机的声音一小,就听见婆婆在那里叫她:"阿梅……阿梅……我要喝水……"

阿梅又吼了一句:"老东西,你就不能等会儿,让我把这个节目看完。"

阿梅跳起来跑过去关上了副卧的房门。这才听不见婆婆的声音了。阿梅坐下来紧盯着邵教授。

"其实,还有最重要的一点:晚辈的孝顺是健康长寿的关键……"

阿梅一怔。邵教授在像拉家常一样地说着:"你们想想啊,当你活到八十九十岁的时候,如果晚辈们不孝顺你,你这长寿还有意思吗?……"

阿梅愣在那儿,感觉有什么东西在撞击她的心。她直直地看着邵教授,感觉脸在发烧,邵教授后面说了些什么,她一句也没听进去。

阿梅关掉了电视,她知道下面她该做什么了……

刘教授讲课

黄州市作协定于三天后在秋春县八江旅游风景区举办一次市重点作家培训班，我正在感冒发烧，头晕犯病本来去不了。但听说我省文学院著名诗人刘耀强教授要亲临授课，我立马感觉到病好了一半，我决定去。

早在 10 年前，我就听过刘教授讲课。那时我还是一个文学启蒙青年，酷爱写诗，但一直是在黑暗中摸索，不得要领。是刘教授的那次讲课让我找到了写诗的诀窍。刘教授那激情飞扬的讲课情景我还历历在目，我的脑海里还能浮现出刘教授讲到动情处那摇头晃脑的样子。我还记得刘教授那次讲课的主题是：生活·思想·艺术。

我对刘教授那次讲的两个诗歌的例子还记忆犹新。第一个例子是叶文福的一首小诗《火柴》：可怜一家子，百十来口，挤一间没有窗门的斗室，个个都渺小，渺小得全家一个名字。但是，个个都正直，站着是擎天柱的缩影；躺下，是一行待燃的诗，每个人都有一颗自己的头颅。每人，一生只发言一次……第二个例子是一首无名氏小诗《筷子》：一对患难夫妻，尝尽了人生的酸甜苦辣……最后刘教授总结说：什么是诗？诗就是从思想的悬崖上跌出的生活的浪花……

多么生动的例子，多么精辟的总结啊。我把刘教授的讲课内容全部记录下来了。

其后，盼望着盼望着，盼望着能再次聆听刘教授的讲课，可是一直没有机会。这么好的机会来了，我岂能错过？我找出当年的笔记本带上，三天后准时赶赴蕲春参加了培训班。

开班仪式过后，就是刘教授讲课。我特地坐在第一排。10 年过去了，我想刘教授一定会带给我们新的事例，新的见解，新的思想。

刘教授在热烈的掌声中出场了。他还是像 10 年前一样精神抖擞，只是鬓角有了白发。我打开笔记本准备随时记录刘教授讲的每一句话。

刘教授面带微笑开始讲课了。一段开场白过后，他说，我今天讲课的主题是：生活·思想·艺术。我刚一落笔就愣住了，这话怎么耳熟？这不就是10年前他讲过的一个话题吗？马上掏出10年前的笔记本翻看起来。刘教授还在激情飞扬地讲着，滔滔不绝……刘教授在举例：请听叶文福的一首小诗《火柴》……请看一首无名氏小诗《筷子》……我一下兴趣全无。我就那样呆呆地一会儿看着激情飞扬的刘教授，一会儿紧盯着10年前的那个笔记本上的文字……我左右看了看，其他学员都在埋头记笔记，就是我没有动笔。

　　一个小时后，中场休息一下。别人都上厕所去了，我还坐在哪儿发呆，刘教授可能想了解一下我们对他讲课的评价，就微笑着问我，我讲得怎样？我说，很好，很熟练。刘教授又问，我刚才看见他们都在记笔记，怎么没见你动笔记？

　　我说，10年前我就记了。然后把那个笔记本递给了刘教授。

　　刘教授接过笔记本翻看，看着看着脸上的笑容不见了。

　　下半场，刘教授无精打采像病了一样，课讲得结结巴巴有气无力，那飞扬的激情不知跑到哪里去了。

手　痒

　　老张得了一种奇怪的病：右手手掌奇痒无比。开始的症状是拇指和食指发痒，几天后五个指头都痒了起来，这时拿左手挠挠还可以缓解，后来那痒升级了，连整个巴掌都痒了起来，而且奇痒无比，仅靠挠挠丝毫不起作用，只有把整个手掌用力地向桌面拍打，才略略好转一点。因此，老张的家里每天都能听到那"啪啪"的响声。

　　随着发作的频率逐渐走高，一家人包括邻居已不能忍受那"啪啪"的噪音，老张的儿子决定带老张去看医生。

　　他们先是到皮肤科，皮肤科的医生作了一系列的检查后，没有得出任何结论，让他们转到血液科；血液科医生作了一系列检查后，也没有得出任何结论，让他们转到神经科；神经科医生作了一系列检查后，同样没得出任何结论，让他们转到心脑血管科……

　　这时老张的儿子忍受不了，对着医生吼道："你们到底会不会看病？怎么把病人像皮球一样踢来踢去？"老张制止了儿子，连声说道："没什么，没什么，可以理解，可以理解……"

　　"爸，这怎么可以理解呢？这检查那检查花了那么多冤枉钱，却没解决问题。"儿子愤愤不平。

　　老张的心态很好："算了吧，没得出结论不就是结论吗？还是回家吧，改天我们到北京的大医院看看。"爷俩打道回府。老张那"啪啪"的声音依然时时响起，以至于一家人已见怪不怪了。

　　突然有一天，儿子感到家里安安静静得像缺少点什么，原来整整一上午没听到那"啪啪"的声音，儿子奇怪地到书房去看看，发现老张正拿着一个什么东西在向纸上用力地盖去。

　　儿子奇怪地问："老爸，你在做什么啊？"老张精神焕发，声若洪钟地回答："我今天在抽屉里找到了一枚废弃的公章，我正在盖章玩呢。"

儿子一看，可不是吗，那厚厚的一叠信纸已被老爸密密麻麻地盖满了公章。

儿子问："老爸，你的手不痒了？"老张不好意思地嘿嘿笑了："不痒了，拿起这玩意就一点不痒了！"儿子突然找到了老爸的病因，也理解了老爸为什么不反感医院那种"踢皮球"的做法。

儿子明白，那是老爸局长在位时惯用的伎俩。

了不起的胜利

学校交给我一个重要任务：迅速在学生中组建一个游泳队，参加 20 天后举行的全县中学生游泳比赛。

这可让我犯难了。想推脱也找不出充足的理由，因为学校只有我一个体育老师。这几年来学校根本不重视体育，学校领导的心思和精力都放在了抓升学率上，毕业年级都取消了体育课，非毕业年级每周也只安排了一节，还经常被主科老师占用。

校长也看出了我的难处，特地找我谈话："不是我想参加这个活动，而是县教育局三番五次强调必须参加。今年新上任的教育局长是个游泳爱好者，游泳比赛是他上任后倡议发起的第一个文体活动，我们能不参加吗？"

校长为了激励我又说："重在参与，不管能不能获奖，比赛结束后，我找个理由给你们发奖。"

我只好硬着头皮答应试试。

我首先找到各班班主任，请他们推荐本班有游泳基础的学生名单。可是一个周了，还只推荐来了 2 人，而比赛规定每校至少 10 名选手参赛。我找到几个班主任询问原因，他们的回答几乎一致：没人愿意参加，都说怕耽误了学习时间；得了奖后中考又不加分；有少数同学想参加，但家长坚决不同意。

我把情况反映给校长，最后校长连续召开两次班主任会，才报上来 8 个名单，总算凑齐了 10 人。

我测试了一下这 10 名同学，其中有 4 人竟然从来没有游过泳，还得启蒙教育，另外的 6 名同学，也只是在夏天到游泳池里套着轮胎划过水。平时没烧香，临时抱佛脚。没办法我只好从零开始教他们游泳。训练了 10 天，他们总算能在水中划水前进了，但根本谈不上什么速度。

比赛的日子到了。我带领队员们奔赴了比赛场地。几场小组赛下来，我们的队员全部淘汰，没有一人晋级。毫无疑问最后连个鼓励奖也没捞着。

回到了学校，见了校长我不知该怎么汇报。好在校长已经通过县电视台教育新闻频道知道了结果。校长说："你们尽了力。马上总结一下成绩。我给你们发奖。"

这更令我为难了。预赛就被淘汰，哪有什么成绩值得总结的呢？那天上午我铺开稿子准备动笔，真是狗咬刺猬不知如何下口。烟抽了半包，水喝了几杯，卫生间上了几次，可草稿纸上还是一片空白。我突然想到了我表哥，我表哥是县政府办公室秘书，老写材料的，他肯定会总结。我请表哥到家中喝酒，酒桌上我说出了我的烦恼，请求表哥指点。表哥果然有办法，他稍作思考后，就给我出了一个点子。按表哥的指点我很快写出了一份总结。送给校长过目后，校长狠狠地表扬了我一番。

随后，学校理直气壮地给我发了一个奖，什么奖？安全教育奖。

我的总结是这样写的："在县教育局的正确领导下，在学校领导的充分重视下，在全体参赛选手的共同努力下，我们这次游泳比赛，虽然没有取得名次，但我们赛前狠抓了安全教育，比赛中参赛选手们时刻牢记'安全重于泰山'这句话，安全教育成绩显著。我们的选手平安归来，没有一人淹死。这是一个了不起的胜利……"

# 我们相信你

那天，我和妻子带着 4 岁的女儿一起逛公园。

公园里树木葱茏，鸟语花香，空气清新。全然没有仲夏时节的热意。转到假山旁的一片宽敞的草地，发现围了一大群人。

一个长满络腮胡子的中年男子，正双手抱拳面向围观者，中气十足的发话："各位朋友，我今天要表演一个空中抛物的节目，在表演之前我没有别的要求，只想听大家的真话！"

妻子是个爱看热闹的人，她抱着女儿马上围了上去，我也紧跟其后。这时有好多人围了上来。络腮胡子开始了他的表演。

他先拿出一个大约 5 公斤的大西瓜，一只手托着另一只手挥向围观者说："请大家说实话，你们相不相信我能把这个西瓜抛向 10 米的空中然后把它接住。"

人群热闹起来了。有的说能接住，有的说不能接住。这时不知是谁高喊一声"我们相信你能接住"，围观的人包括那些本来认为不能接住的人，大约是受了现场气氛的感染，也马上跟着附和："我们相信你能接住！"

"你们说的是真话吗？"络腮胡子想再一次确认。

"是真话！"众人一起回答。

"好，那我开始表演了。"络腮胡子一边说一边将西瓜抛向了天空，然后仰望上方。西瓜在下落，在西瓜落点的正下方，络腮胡子蹲好马步，稳稳地将西瓜接住了。

"好……"惊起了围观者的一片赞叹声。

络腮胡子略略休息了一会儿后。在众人的注视下，他抱起旁边一个大约三四岁的男孩，朗声对众人说："这是我的儿子，我同样可以把他抛到 10 米的高空然后把他接住，大家相信吗？"

众人议论纷纷。又不知是谁带头喊了一声"我们相信你"。立马众人又随声附和："我们相信你！"。妻子也跟着喊，声音还特别响亮。

"你们说的是真话吗？"很显然，络腮胡子又在确认。

"是真话！"众人的回答声比上次还有底气。

络腮胡子放下孩子，环视了一周。然后说："你们果真是真话？"

众人又一起答："果真是真话！"。

妻子也情绪激昂，跟在里面理直气壮地答话，还把女儿举起来让她骑在自己的脖颈上。络腮胡子不知是听到妻子的声音响亮，还是看到她举女儿的动作，向她走了过来。紧盯着她说："我觉得你这位大姐说的是假话！"

当着那么多人说我妻子说假话，她当然不服气。红着脸振振有词、把握十足地说："我没说假话，我说的就是真话！"

"很好！"络腮胡子竖起了大拇指，又环顾了一周说："让我们把掌声献给这位说真话的大姐！"。现场响起了热烈的掌声。

"好，我下面开始表演了。"络腮胡子似笑非笑地盯着妻子，"不过，要请这位敢于说真话的大姐配合一下。"

络腮胡子稍作停顿后说："借这位大姐的女儿用一下。我要把她抛向空中。"

妻子一愣，但马上就反应过来了："那怎么行……那怎么行……"

"你刚才不是那么地相信我吗？"络腮胡子在笑，"怎么你刚才说的是假话？"

妻子没有回答，紧紧地抱着女儿，拉着我，跑出了人群。

身后是一片肆无忌惮、耐人寻味的笑声。

同时，又听络腮胡子在高声问："有没有哪位说真话的朋友，愿意把自己的孩子交给我试一试？"

回答他的是一片无人般的寂静。

可别小看这破锣

我的睡眠质量不高，每天夜晚总爱醒来一两回。

有时睁开眼窗外很亮，就以为快天亮了，慌忙火急地爬起来去晨练，结果抬头看天，一轮明月高挂头顶，这才知离天亮还有很长一段时间，赶忙回到床上，又睡了一老觉。这样的次数多了，我就意识到必须买回一个时钟，以便晚上醒来时好掌握时间。

我把这一任务交给了妻子，嘱咐她下午下班时顺便在商城捎买回来。

妻子下班回来了，手里拎着一个编织袋。我迎上前问："叫你买的钟呢？"

妻子一指地上的编织袋说："钟就这在里面啊。"

我解开系口的绳子，拿出来一看，立刻又好气又好笑地说："你是不是脑袋在路上被驴踢了，这是什么钟啊，这不就是一口破锣吗？"

"没错，它就是一口破锣。"妻子说着，还踢了它一脚。"哐……"破锣发出刺耳的响声。

我莫名其妙："叫你买一个时钟，你买回这么个破玩意儿干什么？"

妻子洋洋得意地说："你知道时钟多贵吗？最便宜的要 100 多元，而这个破锣是我从一个耍猴人手里买的，只要 10 元。"

我哭笑不得："莫说 10 元，就是白送给我们也没用啊，请问老婆大人，它能报时吗？"

"嘿嘿……"妻子得意地一笑，"可别小看这破锣，它就是能报时。"

我讥讽地一撇嘴："现在是什么时候，你让它报给我听听。"

妻子说："甭急，等晚上你醒了，它就能报时。"

我越想越觉得妻子是在讲童话故事。睡下后，望着那被妻子挂在墙上的破锣，我不禁笑出了声："我倒要看看这破锣的神奇之处。"

半夜，一觉醒来。我推醒了身边的妻子："喂喂，我醒了，你让破锣报个时间我听听。"

妻子立即爬起来，拿来一个小鼓槌，照着那墙上的破锣用力地敲了两下。

我竖起耳朵听着。

这时，只听一墙之隔的邻居家，传来了一个女人的吼声："谁在发神经啊？这半夜 1 点 45 分敲锣，还要不要人睡觉？"

"你知道现在是什么时候了吧？"妻子不无得意地说。

我爆笑到天亮。

难得糊涂

电视里正在直播一场拍卖会的实况，晓宏惊奇地发现他那爱收藏字画的老爸就在拍卖会现场，更让他惊奇的是，拍卖的第一件文物郑板桥的书法真迹，竟被他老爸以 100 万的价格买走。

晓宏兴奋不已，因为他的研究生毕业论文的选题就是郑板桥书画真迹鉴定研究。如果能亲眼一睹郑板桥书法真迹，无疑会让他的论文更有说服力。

晓宏向导师请了假，特地回到了家中。

晓宏看到老爸的第一句话就是："老爸，快把你拍买到的郑板桥书法真迹拿出来让我欣赏欣赏！"

老爸犹豫了片刻，还是拿了出来。

摊开卷轴，晓宏的眼睛放光了，这是一幅横写的郑板桥的名言：难得糊涂。

晓宏小心翼翼地从右到左一个字一个字地抚摸，最后目光落在了题款的印章上，晓宏低下头凑近卷轴仔细看了起来，然后从包里拿出放大镜时而远时而近，时而左时而右地变换着角度看了起来，看着看着眉头拧了起来，脸上没有了刚才的兴奋劲，嘴里自言自语地嘟囔着："不对呀，不对呀……"

当着老爸的面，晓宏没再说什么，但晓宏心里已经有数了：这不是郑板桥真迹，这是一副赝品。

晓宏说："老爸，我正在写关于郑板桥书画作品真迹鉴定研究的毕业论文，我想把这副字带到学院再仔细研究研究。"

晓宏以为老爸不会答应，没想到老爸眨了眨眼后说："你拿去吧……"稍停了一下，老爸又说，"注意，关于这副字，请不要在外乱发表意见。"

晓宏把这副字拿给了他的导师看，请导师鉴定一下，很快导师的鉴定结论出来了：赝品。

晓宏的心一下给搅乱了，他在心里暗暗责怪老爸不是难得糊涂而是太糊涂，花 100 万元竟然拍回一件赝品。

晓宏不想老爸做这样的冤大头，他决定帮老爸讨回公道，挽回损失。晓宏带着卷轴，以及导师的权威鉴定结论，找到了那家拍卖行。质问他们为什么拿一副赝品当真品拍卖。拍卖行经理的话令晓宏惊愕得张开的嘴半天没有合拢："我们都是阳光操作的啊，在这件文物拍卖的说明书上，我们写得清清楚楚：这是一副有待鉴别的郑板桥的书法作品。"经理拍了拍脑门又说，"当时拍卖时，我也感到奇怪，一副没有最后定论的文物，怎么还有那么多人竞拍，最后被人高价拍走呢？"

晓宏没再说什么，晓宏问了句："那么，你知道这副字是谁拿来拍卖的吗？"

经理说："抱歉啊，小伙子，我们有我们的行规，要替客户保密。"

晓宏带着满肚子的问号回到了学院。晚上，晓宏怎么也想不明白，老爸是哪根神经出了问题，花巨资收藏这么一个赝品。解铃还须系铃人，晓宏决定再回家一趟，找老爸一定要打破沙锅问到底。

晓宏开门见山试探老爸的反应："老爸，你好糊涂啊，怎么花 100 万元，买这么个赝品？"

晓宏紧盯着老爸，等待着看老爸捶胸顿足的后悔的样子，没想到老爸却很平静地说："其实，我知道它是赝品，但这副赝品的价值远远不只 100 万。"

晓宏瞪大了眼睛，眼睛里写满了疑惑："老爸，你这么说真把我搞糊涂了，知道是假的，为什么还去拍回？能给我说说原因吗？"

老爸点燃了一支烟，吸了几口后说："你马上研究生毕业，也不是孩子了，说给你听听也无妨。不知你听说过这样一句话没有？一件东西要看在谁手里，在有的人手里是垃圾，可到有的人手里就成了宝贝。"老爸吐了一个大大的烟圈，然后问晓宏："你知道这副郑板桥字的赝品是谁家拿来拍卖的吗？"晓宏摇了摇头。

老爸意味深长地说："它是主管我们这个城市建设的邵火焰副市长委托别人拿出来拍卖的。""哦……"晓宏似乎明白了，但又不那么明白，"老爸，那这些内幕你是怎么知道的呢？"老爸诡秘地一笑说："我怎么会不知道啊？这副字就是我送给邵副市长的啊！""老爸，你……"晓宏突然明白了老爸经常能接到工程的原因。

"算了，你就不要再纠结了……"老爸边说边掏出打火机点燃了卷轴。

那"难得糊涂"四个字倾刻之间在老爸手里化为灰烬。

想 不 通

从上学的第一天开始，韩汗就心里窝火。

韩汗心里窝火的原因全在高明身上。在学校里高明总是得表扬，而他总是受批评，老师在批评他时总会提到高明，比如，老师会说："韩汗啊，你就不能向高明学习学习，你和高明是一个村的，你两的差距咋就这么大呢？"在家里父母教训他时也总是把他和高明作比较，比如，双休两天，高明会自觉在家看书做题，而他却到处掏鸟窝逮蜻蜓，这时父亲就会说："你看你，成天就知道到处疯到处野，你看人家高明成天待在家中做作业，你呢真是连高明的一个脚趾头都赶不上。"村里的人看到他俩也会说："高明这孩子将来一定比韩汗有出息。"

韩汗也曾努力过，但无论如何就是赶不上高明，高明成了他难以逾越的一个标杆。韩汗家和高明家是邻居，可是他俩上学和放学总走不到一块。高明上学放学兜里总揣着一个小本本，上面写满了英语单词和一些数学公式，高明一边走一边会时不时掏出来看看；韩汗兜里揣着的有时是弹弓，有时是小刀之类的，韩汗总爱到路边的小树林里去玩玩。因此，上学时尽管他俩是一起出村的，但高明总是按时到校，韩汗却是经常迟到。

初中毕业时，高明顺利地考上了县重点高中，而韩汗连普通高中的录取分数线也没达到。韩汗的父母想他再复读一年初三，但韩汗坚决不同意。韩汗父母没办法就不再管他了。韩汗有个表哥在深圳打工，韩汗找到表哥，也随表哥到深圳闯荡去了。

韩汗到一家公司当了一名产品推销员，当他打电话回家告诉父亲时，父亲说，推销员是不好干的，你受得了人家的白眼和冷落吗？你受得了一次次失败的打击吗？

韩汗说，老爸放心吧，白眼、冷落、失败的打击我经历还少吗？这些在我读书时就已经饱尝过了，至今我还记得每次考试后，老师的白眼，你们的冷落，我不都忍受过来了吗？

韩汗自己也觉得奇怪，在学校时，老师讲课他经常走神，可是公司对上岗人员的培训课他却听得很投入，还记了很多笔记呢，遇到不懂的问题时，还在课下向培训授课老师请教呢。

一个月后，韩汗开始了走街串巷的推销工作。他还真的什么都能忍受，被人隔门骂过，被人推出门过，被人当贼娃子打过，被人用洗脸水泼过……可他依旧笑脸相对。晚上，躺在租住的地下室里，韩汗的一个最大感觉就是一个字：累。白天跑了一整天，口说干了，腿跑酸了，现在躺下就不想再起来了。

一个月中，韩汗只跑到了一笔小单，公司发给他的只有基本工资800元，除去房租300元，车费200元，余下的只有300元，连最低的生活都难以为继。韩汗动摇了，鼓足勇气想打电话告诉父亲，要回家继续读书，可是一想到心中的标杆高明时，他的勇气就想漏气的气球，一下瘪了。老师和父母又会拿他和高明比较，又会把他说得一无是处。

韩汗打消了辞职的念头，硬着头皮坚持干了下来。

韩汗这一干就是七年。一路风雨征程的摸爬滚打，韩汗成功了。韩汗从一个小小的推销员一步一步走上了总经理的位置，年薪50万。但韩汗总感觉到心中还有莫名其妙的火在窝着。

韩汗知道还是因为高明。韩汗决定回家一趟见见高明。

高明读了三年的高中，勤奋努力考上了本省的一所师范大学，他读的是中文系，毕业后应聘到了镇中学当了一名语文老师。高明爱好文学，空余时间就电脑写作，经常有文章在全国各地的报刊上发表，高明的最大愿望就是出一本书，把自己发表的文章汇集在一起出一本集子。可是，公费没人愿意出，只好走自费出书的路子，而自费出书印1000册，最少要一万五千元，高明一时拿不出那么多钱来，高明想到了父母，他知道父母手里有一万五千元，那是留给他找媳妇用的，高明决定说服父母，先把那钱挪用一下，等书出版后，卖出钱来就还给父母。父母很通情达理同意了。高明的书出版了。可是当那1000册书运回来堆在书房里的时候，高明犯难了，到哪儿去销售这些书呢？恰好有人给高明介绍了一个对象，女方也看中了高明，紧接着就是订亲，可订亲要钱啊，当务之急是赶快把书卖掉。高明找到了书店和书摊的老板，老板都表示无能为力，高明望着那堆着比饭桌还高的书，不住地摇头叹气。

韩汗就是在这个时候来到高明家的。

高明一家人热情地接待了韩汗，以前高明的父母一向看不起韩汗，现在却说韩汗比自己的儿子有出息。韩汗问高明有什么需要帮助的，高明说没有，可高明的父亲却说，儿子是个作家，自费出了一本书，但没有销路，看韩汗能不能有点办法帮助销售一点。韩汗问印了多少册，高明说，不多，只印了 1000 册，韩汗答应这 1000 册他全部负责包销。韩汗当即掏出 15000 元交到了高明手上，然后将 1000 册书拖走了。

高明长吁了一口气。

第二天高明突然想到，自己竟然连一本样书也没留，1000 册书全部交给了韩汗。高明决定去要回几本。

高明来到了韩汗的公司，高明看见公司的一块空地上正在燃烧着什么，有工人把一捆捆的东西向火里扔，高明好奇地上前一问，工人说是老总让他们烧的一堆没用的书，高明是个爱书的人，他从那堆没烧尽的书堆中抽出一本，一看封面，就愣在了那儿，工人烧的就是他的书。

高明愣在那儿一动不动。

而此时的韩汗正在旁边的办公楼上紧盯着这儿。韩汗望着那滚滚浓烟，多年的窝火突然释放得干干净净。

高明开始心里窝火了，他怎么也想不通结果会是这样。

刘别匠葬父

　　我们这里把不听父母的话，专门反其道而行之的孩子叫"别匠"。这类孩子的共同特点是：父母叫他往东他偏要往西，父母叫他栽花他偏要种刺。

　　老街东头有一个刘财主就养有这样一个儿子。刘财主的儿子是老街出了名的"别匠"，以至于人们都不知道他的真名叫什么，一直以来都叫他刘别匠。刘别匠是刘财主的独生儿子，要说刘别匠这"别匠"性格的养成也是刘财主惯出来的。刘别匠从小娇生惯养，刘财主事事顺着他，事事宠着他，用老街人的话来说："刘别匠如果要天上的月亮，刘财主也回搭梯子去摘。"

　　在父母的溺爱下，刘别匠一天天长大了。到了13岁时，这种别匠孩子特有的逆反心理越来越强烈，刘别匠专门与父亲作对，而且乐此不疲，每天不与父亲别匠一番似乎就没有精神。有次家里来了客人，刘财主叫儿子去买一瓶白酒，他满以为儿子这次不会别匠，可是刘别匠却偏偏买回了一瓶醋。客人喝了一口后几乎酸掉了大牙，看到客人喝下醋后那难受的狼狈的样子，刘别匠在一旁哈哈大笑，气得客人拂袖而去。按说，这时刘财主该狠狠教训儿子一顿，可是刘财主却只是轻描淡写地说了句："你这孩子，怎么这不听话？"

　　这样的事例还有很多，多到刘财主都麻木了。刘财主有时还当着外人的面夸奖儿子这不叫别匠，这叫聪明。刘别匠见父亲夸他，更是变本加厉，以"别匠"为乐。

　　不知不觉中刘别匠长大成人了，到了该说媳妇的年龄。刘财主准备了一笔丰厚的彩礼，让刘别匠送到淋山河镇河湾村竹林湾的一户人家定亲，并嘱咐他将姑娘带回家来看看，刘别匠喜上眉梢，他暗暗高兴，又一个别匠的机会来了。刘别匠拿着彩礼去了竹林湾，来到了姑娘家，把彩礼给了姑娘家后，并没有说带姑娘回家给父母看看的话，连口茶水也没喝就离开了姑娘家。随后他找了几个狐朋狗友，在老街西头的一户人家买了一头老母猪，然后将这头老母猪抬了回家。刘财主问他："我叫你带那姑娘回来看看，你怎么抬回一头老母猪？"刘别匠说："我就喜欢老母猪，我要娶老母猪做媳妇。"刘财主气得当堂晕了过去。

至此，刘财主才开始意识到问题的严重性：儿子的心理不仅仅是逆反，已经到了严重扭曲的程度。刘财主狠了狠心，把儿子关了起来，规定儿子不得再每天外出闲逛，而必须老老实实地待在家中闭门思过，什么时候改了这"别匠"的坏习惯，什么时候才准许出门。

刘别匠怎么会心甘情愿地俯首听命呢，他瞅准父亲有天外出收债的时机，翻院墙跑了，跑到外面流浪去了。

这下刘财主气病了，而且一病不起，病情越来越严重。刘财主感觉到自己时日不多，家中有些事要向儿子交代。刘财主最不放心的就是自己死后的安葬问题，他知道儿子那已深入骨髓的别匠毛病是改不过来的，刘财主寻思："如果直接说死后叫儿子厚葬我，儿子肯定会别匠着将我草草下葬。"刘财主已经打定好了主意，等儿子回后，就让人转告儿子：不必将他厚葬在山上，死后，将他扔到长江里就行了。

刘财主着人到处去寻找刘别匠，可是一直没有找到。可怜的刘财主没能见上儿子最后一面，就撒手归西了。

刘财主死后第二天，总算有人寻回了刘别匠。刘别匠回家后看到父亲的遗体时竟然流下了眼泪。当人们转告了他父亲的遗嘱时，刘别匠愣在那儿默默无言。其实，此时刘别匠良心发现，他越想越觉得以前的确对不住父亲，从没听过父亲的话，时时处处与父亲唱对台戏，现在父亲死了，无论怎样也得听父亲一回话吧。

想到这里，刘别匠就扛起父亲的遗体含着眼泪，向江边奔去，毫不犹豫地将父亲扔进了长江。

望着父亲的遗体随水漂走，刘别匠心里才觉得轻松了一点，他对着江水大声哭道："父亲，儿子总算听了你老人家一回话啊！"

 # 为了太太

我长了一脸的络腮胡须。偏偏我很喜欢它，我感觉它让我更有男人味，所以我一直蓄着它。

妻子也很喜欢我的络腮胡须，她说，当初就是先看上我的络腮胡须，再爱上我的。

有了女儿后，女儿不喜欢我留胡子，她到妻子那里告状说："妈妈，爸爸总爱用胡子扎我，你让爸爸把胡子剃掉吧。"妻子坚决站在我这边，没答应女儿的要求。几年来我的胡子蓬蓬勃勃，妻子也没说半个不字。

可是，自从前天妻子带我参加了一次她的同学会后，一回家，妻子就要我去理发店剃掉胡子。我不知妻子为什么突然来了这么个180度的大转弯。我说："胡子剃掉可以，但你得告诉我原因。"

妻子说："还是不说原因吧，我怕说出来打击了你的自信心。"

我说："说吧，不要紧的，要相信我的心理承受能力。"

妻子说："我们的同学都说你和我不般配，说你那满脸的络腮胡子，看起来比我最少大10岁。她们问我，怎么找了这么一个姥爷级的男人！"

我笑了，说："瞧你那些同学，都是什么眼光，我这叫'老'吗？知道不，我这叫'成熟'。"

妻子说："我不管你是老还是成熟，明天必须得给我剃光。"

昨天上午，我遵妻嘱，到理发店剃了个寸须不留。摸着光洁的两颊和下巴，看着镜中那张清清爽爽的脸，我突然发觉，没了络腮胡须的我其实是很帅的。我自己数落自己："胡子啊胡子，你埋没了我这么多年。"

下午，我开车到妻子的厂里接她下班，厂门口那么多人，我一眼就看见了妻子，妻子也同时看到了我。我明显地发现妻子看到我时眼睛一亮。妻子说："呀呀呀，我老公没胡须还真年轻英俊多了呢！"

妻子高兴，我也高兴。

可是，你说怪不怪，今天下午下班，妻子一回到家中就满脸不悦地说："你还是把胡须蓄起来吧。"

"为什么？"我莫名其妙，"你昨天不是说我没胡须还年轻英俊些吗？"

妻子突然大声吼起来："你哪来那么多废话？我说蓄起来就必须蓄起来！"

"好好好，蓄起来，蓄起来，再不剃。"我怕妻子发更大的火，赶紧作出了承诺。

妻子接着又说："还有，从明天起，再不准你到我们厂门口去接我，我自己坐公汽回家。"

我的倔脾气，被妻子那不容置疑的语气激发了出来。我说："让我听你的可以，但你得告诉我原因，不然，我既要每天刮胡须，又要去接你。"

妻子愣了半天，才气鼓鼓地说出了原因。

原来，他们厂里的人说，我俩不般配，妻子看起来要比我最少大10 岁。

我哭笑不得。

鱼儿离不开水

　　日头烤在人身上生痛生痛的，地上像下了火一样到处热烘烘的，老天爷似乎忘记了这块土地上还有生灵，多日不见半点雨星。往日波光粼粼的鱼塘，只剩下浅浅的一层水了。多山伯和香桂婶站在塘埂上呆呆地望着塘面，塘岸边又有几条死鱼泛着刺眼的白光，随风飘来的阵阵腥臭味令人作呕。天再这样干下去鱼塘就会见底了，鱼儿就会全部死光，年初的几万多元的投入就全部打了水漂。

　　承包鱼塘时，多山伯还得罪了村主任，村主任要将鱼塘包给水猫，水猫是村主任的一个远房侄子，可是多山伯不服软，坚决主张竞标，结果水猫在竞标中败下阵来。多山伯放养了一塘草鱼。多山伯算了一笔账，等到年底鱼儿出水上市时，每条鱼至少可以长到 5 斤，除去所有的开支，最少可以赚回 2 万元。

　　可是人算不如天算，如果变成了一塘死鱼就一文不值了，只能把损失降到最小程度。多山伯和香桂婶一合计，不能再拖了，目前的鱼儿每条已有 3 斤多，市场价是每斤 5 元，现在就按半价每斤 2.5 元在村里内销。

　　当晚多山伯就找到村主任，要来了村委会广播室的钥匙，播了一则好消息：我家的鱼儿明天起水，每斤 2.5 元，比镇上便宜一半，欢迎各位父老乡亲前来购买。

　　晚上香桂婶问多山伯，你说，明天会有人来买吗？多山伯很有把握地回答，有，当然有，我前几天就听到水猫、花嫂、羊伯、二撇子等好几家说想买鱼吃，但都嫌到镇上去路太远，镇上的鱼要价高，舍不得，我家的鱼这么便宜，怎么会没人要呢？

　　可……我还是担心怕卖不了！

　　别操些瞎心，我们这么大个村子，怎么会销不了我这点鱼呢？

第二天捞第一网鱼。看到那活蹦乱跳的鱼，多山伯脸上有了笑容。可是一会儿他就笑不起来了，因为前来买鱼的村民寥寥无几。多山伯怕是昨晚的广播好多村民没听见，就叫香桂婶一家一家上门问一遍。

问到花嫂家，花嫂说，对不起，我家都不爱吃鱼，吃鱼过敏。

问到羊伯家，羊伯说，对不起，我家昨天刚好买了鱼，冰箱塞不下了。

问到二撇子家，二撇子说，对不起，大热的天，我闻到那鱼的腥味就作呕。

问到水猫家，水猫说，5斤以下的鱼我不吃，要吃最少5斤开外，你家的鱼有5斤吗？

其实花嫂、羊伯、二撇子、水猫等人心里的真实想法是，财是那么好发的吗？你赚钱的时候没有想到我们，现在鱼要死了，想在我们这里捞本，帮你降低损失，没门！

……

香桂婶汗流浃背，腿跑酸了，口说干了，来的村民还是少得可怜。

一网鱼卖了一小半。幸好在捞的时候鱼没有起水，只是集中在塘角的水中，现在只好撒网又放入了水中。

香桂嫂急得哭了。

多山伯吼，哭什么哭，明天早上再捞，到镇上卖去，我就不信没人要！

村子离镇上40多里路，多山伯联系了好几辆车子，都没有运活鱼的设备，多山伯知道镇上的人口味很刁，不是活鱼根本就没人瞧上一眼，直接装在车斗里运去，鱼儿恐怕在半路上就一命呜呼了。

怎么办，难道就眼睁睁地看着一塘鱼烤成干鱼片吗？多山伯想了大半夜，才想到了办法：卖给村主任。

天还没亮，多山伯就提着两瓶好酒敲开了村主任家的门。

村主任好半天不出声，使劲薅着头发，显得很为难。多山伯急了，声音都在颤抖：村主任你就行行好吧，我……我……就按2元钱一斤给你好吗？

村主任这才说话了，看在乡里乡亲的分上，我就帮你一把吧！

多山伯千恩万谢地走了。

天亮时，村里的大喇叭响了。

各位村民请注意，各位村民请注意，多山伯的鱼塘转给我了，我马上起水卖鱼，每斤 4 元，请马上来买！请马上来买！

　　花嫂、羊伯、二撇子、水猫最先来到塘边。村里家家都来人了。

　　一塘鱼抢光了，太阳还刚刚从山边露头。

　　真是老天难测，当晚下了一场久违的大雨，鱼塘满了。

　　第二天多山伯走过鱼塘，望着又是波光粼粼的塘面，想哭。

马 队 长

马队长二十六岁时就当上了队长。

马队长当上队长靠的是他的一句玩笑话。那天马队长和几个村民，被老队长派去抬一头倒在田畈里的病牛。虽然天气寒冷，但马队长他们抬着牛走着走着，就浑身发热。马队长穿着一件旧大衣，头上开始冒汗了。马队长让别人顶着抬了几步，他脱下大衣顺手披在了牛的身上，然后又继续抬着牛向公社兽医站走去。他们一行路过公社门前时，刚好遇到了公社书记。书记问，小伙子，你怎么把大衣披在牛身上？马队长开了一个玩笑说，天太冷了，我怕牛冻着。那时耕牛是农民的宝贝，书记相信了马队长的话，一下对他产生了好感，书记随手在工作笔记本上记下了马队长的地址和姓名。不久老队长因病去世了，队里要重新选一个队长，报告打到公社书记那里，书记记起了马队长，就拍板让他当上队长。

这时的马队长还没有找媳妇。当上了队长后，有人开始为他介绍对象了，但他都没答应。马队长心里有人了，暗暗喜欢上了镇副食店的营业员萍花。马队长经常抽空去萍花的副食店买东西。每次去时都拿出一张 10 元大团结。第一次，马队长将他积蓄了好长时间的零零散散的毛角子，在大队会计那里换成了一张 10 元的大团结整票，到萍花的店里花一毛五分钱买了一斤盐，萍花找回了一大把零钱。马队长回来后补上一毛五，又到会计那里换成了一张大团结。下次到萍花店里时又用一张大团结买一包两毛钱的烟，萍花又找回一大把零钱，马队长回来后又如法炮制换成了一张大团结。就这样两个多月后，萍花不仅记住了马队长，而且在马队长离开后还经常走神儿，在马队长下次进店时心还会怦怦地跳。

功夫不负有心人，半年后萍花成了马队长的老婆。

马队长没什么嗜好，好的一口就是抽烟，但他抽的都是那时最便宜的"大公鸡"牌香烟。有次去公社开会时，马队长发现其他的队长拿出的烟都比自己的好，马队长硬是不敢把自己的烟拿出来，就那样整整憋了一上午，烟瘾来了就狠吸几下鼻子，把旁边的人呼出的烟雾吞进去。回家后马队长郁闷了好几天。但马队长有办法，他让萍花从副食店弄回一个当时最好的牌子"蝴蝶泉"的空烟盒。到下次开会时，马队长也神气十足地掏出"蝴蝶泉"有滋有味地在那儿吞云吐雾，只有他自己清楚那里面装的是"大公鸡"。

实行责任制后马队长以为大集体解散了，群众单干了，他这个队长就当到头了，但第一次民主选举后，他却被选上了村长。

马队长当上村长后想为村里做点实事。

村里小学的校舍太破旧，一遇到下雨教室里到处漏，冬天窗户破了，孩子们冻得直打寒颤。马队长决定重新建几间校舍。马队长多次召开村委会，让村干部带头捐点，他自己带头捐了500元。还号召村民各尽所能出点，找本村在外工作的人要点，不辞辛苦奔波了半年多，总算盖起了5间宽敞明亮的大教室。

马队长遇到的最棘手的一件事是迁坟。国家要修一条铁路，而铁路刚好从马队长他们村经过，要占用他们村很多田地。马队长组织村民开会，传达上级文件，做好宣传发动工作。占用的田地好解决，村里可以另外调剂，难的是铁路刚好经过一片坟地，要搬迁这些坟墓的工作却不好做。先是村里的其他干部上门做工作，但不见效果，最后马队长亲自出马，腿跑细了，口说干了，到各家各户做工作，宣讲政府的补贴政策，并承诺划出对门山乱石岗上一片空地作为坟墓安置地，大家才点了头。马队长向乡政府铁路办上报了20座坟，领回了搬迁费1万元，发放到了户主手中，搬迁工作才顺利完成。马队长人也明显地瘦了下去。

做完后这件事，马队长就病倒了，到医院一检查肝癌晚期。乡亲们上门看望来了，都祈盼着马队长能病体康复，但马队长的病情一天比一天重。

马队长弥留之际对萍花说，我死后把我埋葬在对门山的乱石岗上……

萍花不理解他怎么有这个决定，萍花问，乱石岗是安置那些搬迁坟墓的地方，你到那儿去干什么？马队长断断续续地说，赎……罪……

这话让萍花如坠五里云雾中。

第二年，乡政府铁路办下来核查坟墓数量与补贴发放金额是否对应时，发现其他村里有不对应的多报现象，而马队长他们村刚好20座。这时萍花这才明白了马队长说的"赎罪"的意思。萍花来到马队长坟前哭道，你这冤家呀，坟，你怎么能多报呢？那多出的一座，现在变成了你的了……

原来，搬迁的坟墓只有19座，马队长多报了一座，多领了500元。这是马队长当了一生的队长唯一的一次贪污。

愿者上钩

　　繁忙的工作之余，我喜欢用文字来调剂生活，有空就写点散文，可是写了一年多除了在本地几家内刊上发表了几篇外，其余的都在自己的博客上晾晒着，还从来没有在公开发行的报刊上露过脸呢。谁曾想一年将尽时，突然来了一个振奋人心的消息，我的散文竟然获奖了。

　　当我拆开信封时，简直不相信自己的眼睛，这是一份获奖通知函：

　　邵火焰先生：

　　　　为了展示 2012 年度散文创作成果及风貌，选拔高品位优秀作品，汇集 2012 年散文精华，提高年度作品的权威性，我会特举办了"2012 全国散文"年度评选活动。在秉承以"文学至上，质量第一"以及"公平、公正、公开"的原则和宗旨下，我会在 2 万多件作品中，评选出了 300 篇优秀作品。您的作品《绊地根草也开花》凭借实力和特色，最终荣获一等奖，并被评为 2012 年度最佳散文奖，特来函向您报喜，并表示祝贺！

　　　　　　　　　　　　　　　　　　全国散文评委会

　　　　　　　　　　　　　　　　　　2012 年 12 月 14 日

　　我抑制不住"咚咚"的心跳，还没来得及看另一张"授奖说明"上的内容，就提前下班回家向老婆儿子报喜去了。老婆儿子的高兴劲比我还大。老婆抢过"获奖通知"看了起来，儿子抢过"授奖说明"看了起来。

　　老婆惊呼："吔，竟然真是一等奖呢！我老公了不起！"

　　儿子惊讶："哟哟哟，要自费 3500 元去北京领奖，不去就算弃权；还要出价每套 480 元，定购获奖作品集两套，不订就取消获奖资格。"

老婆听了儿子的话，热情陡降："老公，你别高兴得太早了，这么说来，你的这个所谓获奖是个骗局，是为了骗你的钱的。"

我拿过"授奖说明"仔细地看了一遍，主办方果真是"醉翁之意不在酒"而在"钱"，的确要的是空手套白狼的骗人把戏。

于是，我的心情平静了下来。可是，没想到第二天，我们单位却轰动了，都知道我的散文获奖的消息了。单位通讯员还迅速写了一篇报道，两天后就在《黄冈日报》上刊出了：

12 月 18 日，从北京传来喜讯，首届"2012 全国散文"年度评选揭晓，我市作家邵火焰的散文《绊地根草也开花》荣获一等奖，并被评为 2012 年度最佳散文奖，即将编入由人民日报出版社出版的《2012 中国散文经典》一书。此次活动由华夏大视野散文研究中心举办，评委会在 2 万件作品中最终评选出获奖作品及优秀作品总计 300 篇。邵火焰能脱颖而出，足见其功底深厚。

我一下成了名人。随后在秘书的具体操办下，我亲赴北京领会了精美的烫金获奖证书。

当然所有开支都由局里报销。当秘书拿来发票时，我大笔一挥：同意报销。

我也因此获得了一个新的称号：作家局长。

再赌 1000 万

瓦斯先生在他 60 岁的时候，买下了法尔城标志性建筑法尔饭店。

电视台采访了瓦斯先生，瓦斯先生侃侃而谈。镜头里他身后屹立着的法尔饭店威武豪华、气势非凡，无言地炫耀着瓦斯先生的富有。当记者最后问到瓦斯先生是怎样发的财时，瓦斯先生的回答，不仅让记者不可思议、惊奇不已，更让当晚收看电视的几百万法尔城市民大跌眼镜。

瓦斯先生的回答是："我是专门靠和别人打赌致富的。"

靠打赌果真能拥有如此巨额的财富？人们都在心里发出这样的疑问。当然很多人并没去较真，主要是没有那么多时间和精力去调查去考证，只是把瓦斯先生的话当成是吹牛之语而一笑了之。可是有一个人却偏偏就不信这个邪，他非要去会会瓦斯先生，看看他怎么样靠打赌致富。这个人就是法尔城暴发户欧时力先生。欧时力先生是靠开赌场发家的，平生爱的就是这个"赌"字，他带上现金支票亲自开着车来到了瓦斯先生的住所。

见到了瓦斯先生后，没有多余的寒暄，直接就切入了正题："瓦斯先生，我叫欧时力，今天特来会会你。听说你是靠和别人打赌发财的，是吗？"

"是的，欧时力先生。请问有何见教？"瓦斯先生彬彬有礼地回答，还叫仆人奉上了一杯咖啡。

欧时力先生品了一小口咖啡，紧盯着瓦斯先生说："那么，你都在何时何地和别人赌些什么呢？"

瓦斯先生耸耸肩，两手向外一摊说："只要你愿意和我赌，无论何时何地都可以，无论赌什么都行。"

"你就能保证你每赌必赢吗？我不信！今天我倒要看看你的能耐。你说，赌什么呢？"欧时力先生撇着嘴角，脸上是一副不屑的表情，他要当堂一试。

"等等，请允许我给公证局打个电话，让他们来公证一下，我们再开赌，不然……"瓦斯先生似笑非笑地望着欧时力先生拨通了电话。

法尔城公证局工作人员效率特高，不到 10 分钟就有两名工作人员赶来了。

"请录下我下面说的每一句话。"瓦斯先生提醒两名公证人员。

"欧时力先生，看好了．我要从这个窗台上跳下去，你相信吗？"

欧时力先生来到窗前伸头向下一望，这是 20 层楼，下面的汽车像乌龟在爬，瓦斯先生绝对不敢跳下去。要赌，瓦斯先生绝对是输。

"好吧，你要跳下去，我输你 1000 万，但丑话说在前头，不能借助任何飞行器。"欧时力先生看了看瓦斯先生的衣服，他怕瓦斯先生在衣服上玩花招，暗中装上了什么飞行装置，马上又说，"不能穿衣服，只允许穿一条内裤。"

"好的，就按你说的办。但我得先谢谢你，我的饭店装修还差资金 2000 万。"瓦斯兴奋地说。

公证员很快拟写好了协议，双方在上面签了字。

只穿一条内裤的瓦斯先生跳上了窗台，面向外面站好了："请公证员发命令吧。"

"跳。"两名公证员异口同声地喊。

欧时力先生两眼紧紧地刺在瓦斯先生身上。

公证员话音刚落，瓦斯先生一个转身，从窗台上跳了下来。

"这……这……"欧时力先生瞠目结舌，"你不是说向外跳吗？怎么向里面跳哇？"

"幸好有公证员在此。请放我刚才的录音。"

公证员按下播放键："欧时力先生，看好了，我要从这个窗台上跳下去……"

瓦斯先生诡秘地一笑说："你可听清楚了，我是说，我要从这个窗台上跳下去，我刚才不是从别的地方跳下去的吧？我说了要向外跳的话吗？"

欧时力先生涨红了脸签了一张 1000 万的支票，拍在了桌子上。

瓦斯先生穿上衣服，收起了支票后问："怎么样欧时力先生，还赌吗？"

就这样稀里糊涂地输了 1000 万，欧时力先生当然不甘心，他想再赌一把赢回来："赌，继续赌，你说赌什么?"

　　"这回就赌个简单的吧。我做什么，你就做什么，但结果必须和我一样，结果不同就算你输了。"瓦斯先生边说边拿起桌子上一个苹果咬了一口，"就像这样，我吃苹果，你也吃苹果。"

　　欧时力先生在心里盘算开了："你一个 60 岁的老家伙能做的事，我 30 岁的年轻人还做不了吗，这回赢定了。"

　　"好，就这样赌，再赌 1000 万。"欧时力先生签好了支票。

　　"请公证员写下协议：我做什么，欧时力先生就做什么，但结果必须和我一样。"

　　双方在协议上签了字。

　　瓦斯先生从内室里叫来了他的小情人米曼。

　　一见米曼，欧时力先生大吃一惊，就不想把眼光从她的身上再移开。米曼真是太漂亮了，妙曼的身姿凸凹有致，迷人的眼睛盼顾生辉，微卷的披发风韵迭起，光洁的皮肤细腻水灵，欧时力先生美丽的女人见过不少，但与米曼相比，都逊色万分。欧时力先生暗想，这老家伙艳福不浅啊。

　　欧时力先生还在盯着米曼呆呆地看，瓦斯先生说话了："欧时力先生看好了，我怎样做，你就得怎样做。"

　　瓦斯先生握着米曼的手，松开后说："欧时力先生，看你的。"

　　欧时力先生也像瓦斯先生那样握住了米曼的手。米曼的手柔软小巧，温温的。

　　瓦斯先生嘴对嘴亲吻了米曼 3 分钟。

　　欧时力先生也嘴对嘴亲吻了米曼 3 分钟，分开时还砸吧着嘴在回味。

　　瓦斯先生抱起米曼向卧室走去，把米曼放在了宽大的席梦思上，解开了米曼上衣的扣子。

　　欧时力先生抱起米曼向卧室走去，把米曼放在了宽大的席梦思上，也解开了米曼上衣的扣子。欧时力先生边解边猜测这老家伙下一步肯定是要跟米曼上床了。想到这里，欧时力先生竟激动得有点颤抖。

　　当欧时力先生的手还舍不得从米曼身上拿开时，瓦斯先生高声说话了："好了，现在看结果了。公证员拿心跳测量仪来，看看我和欧时力先生的心跳结果是不是都在正常值之内。"

欧时力先生一听这话，触电似地从米曼身上弹开。

欧时力先生来到客厅二话不说，扔下那张 1000 万元的支票，红着脸拉开门向楼下跑去。

欧时力先生知道，不用量了，他从看到米曼的第一眼开始，心跳就超出了常规，这一握，一吻，一抱，一解，心跳咚咚咚咚，连自己都听得见，早已达到了极限。

瓦斯先生跑到楼梯口喊："欧时力先生谢谢你，改天邀请你来参加我的法尔饭店装修一新后的开业典礼。"

不能说的家世

见到依萍的第一眼，阳广的脑海里一下子蹦出一个词儿：一见钟情。

依萍的那双眼睛会说话，长长的睫毛扑闪扑闪的，闪得阳广心里痒痒的。阳广就那样静静地望着依萍不眨眼，依萍不好意思地低下了头，抿着嘴，脸红红的。

好半天阳广才回过神来，伸出右手，你好，我叫阳广……

依萍这才抬起头，将披在耳际的柔顺的秀发向后拢了拢，握住了阳广的手。

依萍的心在咚咚地跳。依萍也一下子喜欢上了眼前这个高大帅气的阳光男孩。

阳广和依萍是来自两个不同县的团代表，在这次市团代会上他们遇到了一起。两天的团代会，让两颗年轻的心近了。

分别时他们互留了电话和 QQ 号。他们的恋爱之旅就这样开始了。

阳广很快了解到，依萍是一位副局长的独生女儿，大学毕业后在她们那个小县城里一家单位找到了一份不错的工作。

依萍也知道阳广大学毕业后考上了公务员，目前在他们老家的县团委工作。

阳广和依萍主要的联系方式还是 QQ。夜深人静时，他俩在电脑前开始享受他们的二人世界。聊天，视频，语音会话，很快进入到了热恋的阶段。

很快依萍的爸爸孙副局长也知道了女儿在恋爱，他要为女儿把把脉，他提出要见见这个小伙子。

依萍在 QQ 里告诉了阳广，阳广明白，这是未来的老丈人要来考察了。他们约定了见面的时间和地点。

阳广一身休闲的打扮，显得精明干练。

看到阳广的第一眼，孙副局长很满意，他感觉到小伙子浑身上下充满了一股从容淡定的气质。阳广给孙副局长杯子里加满了水。孙副局长和阳广聊起了天气，聊起了南方的水灾，聊起了世界杯，聊起了各自的小县城……慢慢地孙副局长把话题引到了阳广的家庭。

孙副局长喝了一口水后问起了阳广，你家里都有哪些人，都是做什么的？

我们家……

阳广顿了一下，接着告诉了孙副局长，他的老家在农村，爷爷奶奶都在家耕田种地，爸爸妈妈在市里打工。

哦……孙副局长起身了，说，依萍咱们走吧！

孙伯伯，吃了饭再走吧！阳广说这话时眼睛望着依萍，很显然他是希望依萍说服她爸爸留下来。

爸爸……依萍刚准备说什么，孙副局长已上前握住阳广的手说，小伙子，就这样吧，我们走了。

晚上，阳广在 QQ 里问依萍，你老爸考察的结论得出来了吗？

依萍打出了一个流泪的表情符号。

阳广不解，追问依萍：你爸相中了我吗？

QQ 上显示出依萍紫色的宋体字：对不起，阳广！我爸不同意。

阳广打出了一个疑惑不解的表情符号后，接着问：为什么？

我爸说没说原因。

阳广心里很不是滋味。阳广用手机拨通了依萍的电话，阳广说，依萍让你爸接电话。

阳广开门见山，孙伯伯，我想要依萍！

小伙子，看得出你是一个很好的青年，我很喜欢你。可是我家依萍已经有男朋友了。

阳广挂了电话，紧接着又打给了依萍。依萍，你真的有男朋友了吗？

依萍嗫嚅了半天才吞吞吐吐地说，我爸……要我和县里的副县长的儿子定亲……

依萍，现在都什么时代了，还包办婚姻？

不是，我爸只我这一个女儿，我……电话那头依萍在啜泣。

这是为什么呢？你爸不是说很喜欢我吗？阳广还是想不明白原因。

副县长的儿子……副县长的儿子……阳广想了好半天似乎有点明白，

孙副局长是想攀副县长这颗大树。

你把电话给你爸，我要告诉他……阳广刚说完这句话，突然想到了自己的父亲，阳广马上改变了主意，算了，不说了……

阳广，我们还可以做朋友吗？

可以啊，记住你结婚时可要发请柬给我啊。

阳广和依萍的恋情就这样在孙副局长的拍板下画上了句号。但阳广和依萍仍然是普通的朋友。

依萍嫁给了副县长的儿子。婚礼选在市里最豪华的金海洲大酒店举行。孙副局长特邀了市里县里的政要名流参加，市长也到场为这对新人证婚。阳广很荣幸地被依萍邀请为伴郎。

当孙副局长和市长握手时，刚好阳广走过，市长叫住阳广，儿子，你怎么也来了？

接着市长指着孙副局长，怎么你们认识？

爸，我和孙副局长早就认识。阳广边说边正了正胸前的鲜红的领带。

你们……孙副局长瞪圆了眼睛。接着直拍自己快要秃顶的脑门。

当依萍知道阳广是市长的儿子时，很不解地说，你为什么要瞒着我们？当着我爸爸的面你为什么不说呢？

是啊，我当时为什么不说呢？阳广也在问自己。

其实，阳广那天要依萍把电话给她爸时，突然又改变了主意的原因是，阳广想起了父亲曾说过的话：哪天我带你到邵副省长家走一趟，他家有个比你小两岁的漂亮女儿，刚从法国留学回来……

失 眠

米云看到了不该看的一幕。随后几天米云的右眼一直在突突地跳。

米云看到了局长和一个女人拥抱。

那天米云有点事匆匆忙忙去找局长，竟然忘记敲局长办公室的门，就那样推门进去了。米云发现局长正和一个漂亮的女人在拥抱，那女人的脸是朝着门的，局长是背对着门的。米云如果反应快，迅速带上门退出去，局长就不会知道是谁进来了，可是米云竟不知所措地呆呆地站在那儿。漂亮女人红着脸一把推开局长跑进了卫生间，局长这才回过头来，紧拧着眉头看着米云。

米云也不知道自己是怎样走出局长办公室的，一整天都恍恍惚惚的。晚上睡觉时，米云翻来覆去就是睡不着，眼前老是晃动着局长那紧拧着的眉头。

老公看出了米云的情形不对头，关切地问她："怎么失眠了?"

米云不想让老公知道她的心思，米云说："没什么，你睡吧。"不一会儿老公响起了鼾声，而米云就那样睁着眼睛直到天亮。

第二天上班，米云晕晕乎乎不在状态，打一份报表，老是把数字看错。米云干脆停了下来，任凭脑子胡思乱想：怎么就我一个人这么倒霉呢，这种见不得人的事别人没撞上，偏偏就让我撞上了……米云突然想到，遇上这样的事的人肯定不止我一人，别人遇上了是怎样处理的呢?米云想到了百度。米云在百度搜索框上打出了一行字："当你发现了上司偷情时你怎么办?"

百度上出现相关搜索结果7120条。米云选择最近的几条，一条一条地查看下去，其中有一条回答引起了米云的注意："假如你是女人，你发现了男上司偷情后，让男上司相信你不会到处传播的最好办法就是，把自己也献给男上司。"

米云紧盯着这句话足足看了 3 分钟，这句话让米云的脸莫名其妙地发烧。米云把这句话抄在了一张纸条上，做贼似地揣进了兜里。

晚上，米云依旧失眠了。米云在设想着怎样把百度上搜来的方法付诸行动。

其后几天，米云遇到局长，总感觉到局长看她的眼神与以往不同。米云觉得不能再迟疑了，得赶快付诸行动。

恰好第二天是周末，米云对老公撒谎说回娘家一趟。米云换了一套漂亮的裙子，精心化了一番淡妆后，来到了局长的家。

是局长开的门。局长问："你……有事吗？"

"我……我……您……"米云满脸绯红结结巴巴，晚上精心设计的话竟然一句也想不起来了。

这时，局长卧室里走出一个女人，米云一看，就瞪圆了眼睛，正是上次和局长拥抱的那个漂亮女人。漂亮女人也在眨着眼睛看着她这位不速之客。米云在心里暗暗叫苦："妈呀，完了，怎么又让我撞上了……"

米云慌了起来，指着那女人嗫嚅着："她……她……我……"

局长笑了："哦，她不是外人是我夫人，在外地工作，这个周末又回了。"

局长夫人这时很客气地说："坐吧！"

米云哪里还敢坐，说了声："不坐了，没事。"就跑出了局长的家。

一走出局长的家，米云只感觉到心里一阵轻松。谢天谢地，我看到的不是局长偷情，是局长和夫人在亲热，也就不存在局长怀疑我传播他的绯闻的事了。米云这样想着，那笼罩在心里多日的阴影一扫而光。

晚上，米云把近几天来的郁闷，原原本本地讲给老公听了，当然，她不会说自己去局长家的目的是准备把自己送给局长的。

米云满以为老公会跟着开心地笑，可是没料到她一讲完后，老公就马上追问："你准备去把自己送给局长吗？"

米云一惊，这个想法我没跟任何人讲过啊，老公怎么知道呢？很快米云镇定下来："你瞎说什么呀？"

老公下床，到梳妆台上拿来一张纸条。米云一看，是抄有百度上的那句话的纸条。"这……这……这是我写着玩的。"米云一时找不到合理的解释。

"我上午看了你扔下的这张纸条时就莫名其妙，现在我听了你讲的故事后，我怀疑你……"

"不是你想的那样……"米云平静地说，"请你相信我吧老公，我真的没有做什么对不起你的事，先睡吧！"

米云独自睡了。解开了心中纠缠多日的疙瘩的米云，不一会儿就进入了梦乡。

可是老公却失眠了。老公躺在床上辗转反侧，怎么也睡不着……

其实，这天晚上失眠的还有局长夫人，局长夫人心里纠结的是：怎么自己回家两次，两次都遇到这个女人来找自己的老公……

谁说老虎不吃人

动物园老虎山上上演了惊险的一幕。

游客们在高高的看台上，看下面假山上的老虎追逐管理员刚刚放进去的一头猪。老虎一声咆哮，腾起前爪，向那头瑟瑟发抖跟跟跄跄逃跑的猪扑去。观众席上胆大的瞪圆双眼不放过精彩的细节，胆小的在老虎的那声咆哮中早已吓得闭上了眼睛。看台上一位母亲抱着 5 岁的女儿也在观看。谁也没有想到，老虎的那声摄人心魄的咆哮，把小女孩吓得从妈妈的怀抱中冲了出去，一下掉进了虎山。

小女孩落下的地方刚好是一个大草堆，小女孩在草堆上弹了一下就滚到了地上，小女孩很快哭着站了起来。这一切发生得太突然了，在小女孩的母亲和游客们还没反应过来时，老虎就反应过来了，老虎停止了追猪，返身向小女孩走来。

这时清醒过来了的小女孩的母亲，歇斯底里地大叫一声，我的孩子啊……就要向虎山跳去，幸好旁边的游客拉住了她。当老虎走近小女孩时，小女孩的母亲晕了过去。

马上有人拨打了管理员的电话。

人群骚动了，很多女游客闭上了眼睛在流泪，叹息着小女孩的悲惨遭遇。有年轻的男游客在找石头准备投掷驱赶老虎，但被几位年长的游客制止了，他们说那样会更激起老虎的兽性。

现场一下静了下来，谁都猜想得出紧接着将是惨不忍睹的一幕。

然而，事情的发展却偏偏不是人们预想的那样。只见老虎走上前去咬着小女孩的衣服，把小女孩叼起来向虎山的出口走去。这时匆匆赶来的管理员打开了铁栅栏门，老虎轻轻地放下小女孩，转身又去追猪。

当人们把小女孩抱到她母亲面前时，小女孩的母亲刚好醒来了。她抱着小女孩又哭又笑。当人们把刚才惊险的一幕讲给小女孩的母亲听时，小女孩的母亲抱着小女孩跪了下去，向着虎山连磕了十几个头。

现场爆发出了雷鸣般的掌声，这掌声毫无疑问是献给老虎的。掌声过后人们得出的结论是：老虎不吃人。

老虎真的不吃人吗？一个月后就有事实来说话了。

那天，由于管理员的疏忽，喂完食后忘记关上了出口的栅栏门，老虎大白天跑了出来，大摇大摆地走上了大街。

街上炸窝了，人们乱成一团纷纷逃窜，那些在楼上阳台上的居民用目光一路追踪着老虎，人们再一次惊奇地发现，老虎不吃人。老虎走过几个跑着跌倒在地的人的身边，没有停下，还很友好地望着他们点头呢；老虎走过几个还不懂事的在路边玩耍的小孩身边时，几个孩子还在老虎头上拍了拍，他们可能以为是大猫呢。

高楼上有人在喊，别跑了，老虎不吃人的。

真有胆大的停了下来，老虎果真很平静地从他们身边走了过去。

看到这一幕的人胆子都大了，都停了下来像接受老虎检阅似地目送着老虎从自己身边走过。

一辆行驶的小车也停了下来，小车上下来一位有着将军肚的男人也想体验一下与老虎的近距离接触。可是情况却在此时突变，老虎加快了速度向将军肚扑去，一下把他扑倒在地，幸亏旁边的司机是武警出身，他手疾眼快，一下把将军肚拉进了车里，迅速关上了车门。

刚才还在津津有味地接受检阅的阵营，霎时像被捅了窝的马蜂，四散奔逃。

老虎也跑了起来，但它不是去追人的，老虎向东方广场奔去。东方广场正在召开声势浩大的廉政建设动员大会。

老虎的突然窜入，令会场大乱，与会者夺路而逃。奇怪的是有的人混乱中撞到了老虎身上，但老虎没理他，老虎径直向主席台扑去，目标准确地把刚才作报告的人咬倒，然后又在混乱的逃生人群中左冲右突，连续咬倒了十几个人。

好在有人报了警，武装特警及时赶到，用麻醉枪撂倒了老虎，才避免悲剧的继续上演。

受伤的人员被迅速送到了医院。记者闻风而动，跟踪采访了受伤人员。记者们惊奇地发现，受伤的人员都是有身份有地位的人。

第二天，老虎咬人的新闻就见报了，报道的题目是《老虎咬伤14名

处级干部》

看了报的市民们不约而同地发出疑问：这也真是世间少有的怪事，老虎怎么专逮他们咬呢？

人们咂摸咂摸后作出了这样的猜测：老虎痛恨胆子比它大的人。

如此朋友

阿珍和阿兰是一对好朋友。

阿兰到北京出了一趟差，买回了一条很漂亮的项链，做工精致，光彩夺目，项链的坠子上还刻有阿兰的名字。阿珍发现阿兰戴上项链更具有女人的风韵，给人一种气质高贵的感觉。

阿珍就问阿兰："这么好的项链你怎么不给我也买一条呢？怕我回来不给钱你吗？"

阿兰说："我是想给你买一条的，可是项链太贵，15000 元一条，我带的钱只够买一条的。你要喜欢这条就卖给你好了。"

"我怎么能夺人所爱呢？"阿珍口头这样说，其实心里想的是："啧啧，幸亏你没买，要是买了我哪有那么多钱给你啊！"

阿珍家刚刚按揭买了房子，每月要按时还贷，是没有多余的钱买这类奢侈品的。

但阿珍的确很喜欢这条项链，她盯着阿兰的脖子连眼睛也不眨一下。阿兰从阿珍的眼神里看出了阿珍的心思。阿兰说："那我就借你戴几天吧！"说完把项链解下来替阿珍戴在了脖子上。

晚上回家，阿珍戴着项链在镜子前照了又照，越看越喜欢。阿珍的女儿看见了也直夸妈妈戴上项链漂亮多了。

阿珍连戴了两天，可是第三天却到处找不到项链。阿珍怀疑是不是头天晚上逛超市时弄丢了，但仔细一回忆，晚上临睡前她清清楚楚记得解了下来放在了梳妆台上，怎么会不见了呢？

阿珍急了，问老公看到没有，老公说没看见；又打电话问女儿拿了没有，女儿说没拿。阿珍慌了神，天哪，这可是 15000 元啊，现在丢了，我拿什么还给阿兰啊？

"怎么办啊？老公，我们哪来的钱赔啊？"阿珍望着老公直流眼泪。

老公安慰阿珍说："先别急，我们先去问问阿兰，你还记得莫泊桑的那篇小说《项链》吗？你还记得那个可怜的女人玛蒂尔吗？说不定阿兰买的这条项链也是假的呢。"

　　"怎么会是假的呢？怎么会是假的呢？……"阿珍自言自语。

　　"还是先去问问吧。"老公说，"说不定真会有奇迹发生。"

　　阿珍带着老公来到了阿兰家。

　　当阿兰终于从阿珍的断断续续的哭诉中听明白了阿珍把项链弄丢了时，阿兰怔怔地听着一言不发。阿珍小心翼翼地问了一句："你这项链是真的吗？"

　　阿兰顿了一下，说："是……是真的。"接着捶着自己的头，"天啊，这可是我花大半年的工资买的啊……"

　　阿兰蹲在地上用纸巾揩眼。

　　看到阿兰急得那样，阿珍止住了哭，狠狠心说："阿兰，你放心，我赔你一条。"

　　第二天，阿珍到处借钱，凑足了15000元，到珠宝商城买了一条样式差不多的项链还给了阿兰。

　　阿兰的脸上这才有了笑容。

　　阿珍的脸上却不见半点笑容，阿珍心里想的是，怎么办啊，又增添了这么大一笔债务。

　　一个星期后，女儿从学校回来了，女儿跳到阿珍面前扮了一个鬼脸说："对不起，妈妈，我撒了一个谎，我把项链带到学校戴了几天，现在完璧归赵。"女儿说完把项链塞在了阿珍手里。

　　阿珍迫不及待地抖开，一看坠子上有阿兰的名字，还真是阿兰的那条项链。

　　"你这死丫头……你这死丫头，可急死妈妈了！"阿珍的手在颤抖。

　　阿珍马上跑进书房，喊出老公说："项链找到了……项链找到了……走，跟我一起去卖掉这项链。把钱还给人家。"

　　他们来到了珠宝商城。珠宝鉴定专家的话让他们惊得目瞪口呆："你这项链是仿制品，顶多值500元。"

白 头

天刚蒙蒙亮白头就醒了。

白头趴在地上很舒服地伸了一个懒腰，然后缓步踱到木栅栏边，透过间隙向院子左侧的厢房门口望去。

白头知道，马上主人廖四婆就会提着一溜水桶拌着白菜叶的米糠来喂它。

可是今天情况却有些反常，白头围着院墙转了好几圈后还不见主人开门出来。白头的心紧了起来，莫不是主人又生病了？白头想起那次的经历还心有余悸。那天天已大亮，主人还没起来，白头预感到大事不好，它先是大声地哼哼，见没人理会，然后用嘴用力地拱断了几根木栅栏跑了出去，拱了几下厢房的门没任何反应。廖四婆家独门独户住在村东，白头向村西跑去，拱开一户人家的门，那人见廖四婆家的猪跑了出来，马上到廖四婆家喊人，可是连喊几声没人答应，那人扒在窗户上向里一看，廖四婆躺在床上一动不动，那人马上喊来村里的人把廖四婆送进了医院。

想到这里，白头开始大声地哼哼起来。

其实此时廖四婆早已起来了，她听见了白头在叫。廖四婆心里难受，今天是白头出栏的日子，早晨镇上的王屠户就要来牵猪了。廖四婆正在想着的也是白头救她的事，那回多亏了白头，要不现在坟上早已长了半人多高的蒿草。廖四婆是个苦命的人，早年守寡把儿子养大成人，可是儿子不孝顺，在城里娶了媳妇安了家后，很少回乡下看看老娘。廖四婆的精神寄托就都倾注在了白头身上。廖四婆每天起床后的第一件事，就是给白头喂食，然后站在猪槽边和白头说话，说自己年轻时的故事，说儿子小时候的顽皮，说盼望儿子经常回来看她……白头很神奇，仿佛听懂了主人的诉说，不时停嘴抬头看主人两眼。

捉回白头时，廖四婆就觉得这白头很不一般。卖猪仔的人告诉她，在她之前，白头一到别人的框中就直挺挺地像死了一样一动不动，三个早上都没卖出去。廖四婆来后，一眼就相中了白头，这白头长相很独特，身子是黑毛，唯独头部是白色的，廖四婆就叫它白头。白头到了廖四婆的框中活蹦乱跳的还直哼哼。

现在，朝夕相处的白头就要离开了，廖四婆想哭。廖四婆有意识地晚点出来，就是想让白头多睡一会儿懒觉。

白头开始很大动静地拱栅栏门了。廖四婆提着潲水桶出来了。潲水桶里是廖四婆昨天到街上买回的酒糟，是白头最爱吃的。白头停止了拱动，摇着短尾看着主人。

白头白头你莫怪，生来就是阳家的菜，不是我心狠，世上没有不散的宴席，人间没有不离去的亲人，吃了这些你就走吧！廖四婆伏在栅栏说着，泪滴在了白头的头上。

白头这回听懂了，知道离开主人的日子到了，它不吃了，一下拱翻了猪槽。白头就那样哀哀地望着主人，哀哀地哼叫。廖四婆的泪像断线的珍珠。

廖四婆和白头说话。别贪恋这人间，这人间有好多事情不能去细想，一细想你就觉得活得没味啊，就拿我来说吧，老头去得早，我一把屎一把尿拉扯大的儿子，根本上就不管我，只有你能听我说说话……廖四婆够在栅栏边抚摸着白头的头，白头就那样静静地站着一动不动。

王屠户来牵猪时，廖四婆躲到了屋里，她怕看到白头那幽怨的眼神。但白头那撕心裂肺的呼叫震耳欲聋，廖四婆倒在床上捂住了耳朵，但白头惊天动地的哀嚎仍像刀子一样扎在廖四婆的心上。

廖四婆后悔了，她要去要回她的白头。廖四婆冲出屋，呼喊着白头向公路跑去，然而回答她的只有载着白头远去的农用车扬起的灰尘。

白头啊，我对不起你！廖四婆蹲在路边的土坎上一把鼻涕一把泪地放声大哭。

一整天，廖四婆的心一直在隐隐作痛。晚上廖四婆头昏昏沉沉的却怎么也睡不着。

半夜，响起了拱门声，廖四婆预感到好像是白头回来了。廖四婆爬起来鞋也顾不上穿去打开门。门外果然是她的白头。廖四婆流着泪让白头进了屋，蹲下身在白头的身上抚摸着。

原来白头晚上拱断了王屠户家的铁栅栏，沿着公路跑了回来。

放心吧，白头，我不再卖你了，明天就把钱退掉。廖四婆抚着白头的头坚定地说。

最后一堂课

这是教授给学生们上的最后一堂课。

上完这堂课后，学生们就将离开校园各自出去找工作了。当然有些学生早已找到了工作，有些学生有了意向，也有些学生毫无头绪。上课前，教室里异常热闹，找到了工作的学生也不知是说的真话还是假话，要么抱怨工作不好，要么嫌工资太低；工作有了意向的学生也在徘徊不定，这山望着那山高，都不敢贸然签约；工作毫无头绪的学生，有的是高不成低不就，有的是总想找到专业对口的，但一时又找不着。

往日教室里总有不少空位，今天却坐满了人。学生们从教务处的课程安排的通知上获悉，教授的这堂课是专门围绕就业问题指点迷津的。

上课铃响了，教授踱进教室。教授没有像以往一样夹着讲义夹，他是空手进来的。教授一挥手教室里安静下来了。教授说："同学们马上就要离开校园走向社会，我没什么礼物送给大家，就送给你们每人一双鞋吧。大家先跟我一起去把鞋子选好，然后再回来上课！"

听说教授要赠送鞋子，学生们都兴奋不已。有学生问："教授，你要送什么样的鞋子给我们啊？是布鞋，是运动鞋，还是皮鞋？"

教授说："什么鞋都有，随你挑选。"学生们高高兴兴地随教授上街了。

教授把学生们带到一家普通的鞋店。教授说："同学们，你们需要什么鞋请自由挑选。"

学生们根据自己的喜好，有的挑的是皮鞋，有的挑的是足球鞋，有的挑的是舞蹈鞋，有的嫌鞋子不好干脆没有挑选……

一会儿教授问："都挑选好了吗？"学生们回答："挑选好了！"

教授说："如果没有挑选好的同学也不要急，我们到下一家更大的鞋店去看看。"

很多挑选好了的学生听说还有一家更大的鞋店，就把已经挑选好了的鞋放下不要了。

教授带着学生来到了一家品种齐全的中档鞋店。那些没有挑选好的学生欢快地又挑选去了，那些已经在上一家鞋店挑选好了的学生在心里暗暗后悔。

一会儿教授问："同学们，都挑选好了吗？"学生们回答："挑选好了！"

教授看了几眼那些已经挑选好了的学生，然后又转向还空着手的学生说："还没有挑选好的同学也不要急，我们最后还去一家高档的精品鞋店。"

一听说还有一家高档精品鞋店可供选择，又有一些学生把刚才在这家鞋店选好的鞋放下了。

教授带着学生来到了最后一家精品鞋店。这家鞋店的鞋子果然都是世界知名品牌。那些已经选好了的学生后悔不迭，那些在前面两家都没有选好的学生不禁窃喜。

一会儿教授说："大家选好了吗？选好了我们就回学校上课吧。"

然而，奇怪的是不少学生都是空手而出。教授问："你们怎么不选一双啊？是鞋子不好吗？"这些学生回答："鞋子倒是世界名牌，但都是一些断码，不是特小，就是特大，几乎没有能穿的。"

回到教室，教授开始上课。教授说："在讲课之前，我想问同学们一个问题：什么样的鞋子才是好鞋？"

学生们已经悟出了教授今天赠送鞋子的良苦用心，很多学生回答："合脚的鞋子才是好鞋。"

"对了，这就是今天这节就业指导课，我要告诉同学们的道理。"

这堂课上得很成功。

下课后，那些没有选到鞋子的学生问教授："那最后一家精品鞋店，怎么都是断码鞋呢？"

教授笑了笑说："不好意思，那是我特意安排的。"

念 父

　　刚刚下过一场小雨，地里有了湿气，板结的土壤活泛了，正是翻地备耕的好时机。有耕牛的人家牵牛下地，扶住犁尾，鞭子一甩，一块地半个时辰就犁完了。

　　黄牯叔家里穷没有耕牛，翻地就靠他和老婆云雀婶两人起早摸黑一锄头一锄头地挖。一天做下来腰酸背痛精疲力尽，躺下就不想起来。可是季节不等人，农时误不得，哪怕累得再狠，第二天还得一大早起来干活。他们的儿子之所以取名地生，就是因为云雀婶在地里翻地时生下的。

　　地生 14 岁时能扶得住犁尾了。等地里有了湿气后，地生后面扶犁，黄牯叔和云雀婶在前面像纤夫那样用力地拉，尽管无论使多大的力气也赶不上牛快，但效率还是远远比一锄头一锄头地挖强多了。犁了一会儿后，地生扶累了就一起歇会儿，有时地生会自言自语地说，我们要是也有一头耕牛就好了。黄牯叔听了这话心里酸酸的，觉得自己愧对儿子，有钱人家的儿子在地生这么大时，还在到处掏鸟窝逮蜻蜓，而自己的儿子却……黄牯叔的眼眶湿润了，云雀婶也跟着长长地叹了一口气。

　　每次耕完地后，望着新翻的土地，闻着新鲜的泥土气息，黄牯叔和云雀婶脸上还是露出了笑容。一家人就这样平平安安地过着辛苦、贫穷、快乐的日子。

　　转眼间地生长大成人到了找媳妇的年龄了。黄牯叔到处托人说媒想给儿子定一门亲事，可是连说了好几家，女方都放出话来说，他家要有一头耕牛就好了，谁也不想让自己的女儿一嫁过去就当牛做马拉犁耕地。

　　黄牯叔家里穷，根本不可能有钱买牛，黄牯叔知道儿子的年龄越往后拖，找媳妇就越困难，黄牯叔寝食难安。

　　黄牯叔想啊想啊，终于有了办法。那天，黄牯叔出门一趟后回来说，他找到了一个打长工的地方，人家答应马上送给他家一头牛，条件是黄牯叔要帮人家打 10 年的长工才能回家。

云雀婶和地生坚决不同意这么做，地生说，爸爸，我宁愿打一辈子光棍，也不愿你离开我们。但黄牯叔还是没有改变决定，当天夜里黄牯叔就偷偷地走了。

第二天早上，地生起床后没有见到父亲，却发现在自家柴屋里拴着一头牛。

地生马上跑出门去要找回父亲，却被妈妈云雀婶追了回来。云雀婶知道黄牯叔的脾性，他决定了的事是不会改变的。地生含着眼泪给牛取了个名字：念父。寓意为看到牛就会想念父亲。

别看念父并不强壮，但犁地翻耕可是一把好手。念父很通人性，不用扬鞭它就会奋力前行。遇到转弯抹角地生还不会熟练地操作时，念父会自己知道怎么走。地生很珍爱念父，有空就从田野里割来青草喂养，在地生和云雀婶心目中念父成了家中的一员。

有了牛就有了媳妇。

地生终于将新娘迎娶进了家门。地生结婚的那天忙晕了头，忘了给念父加草料，念父饿了整整一天一夜。第二天地生记起了到牛栏里送草时，念父摇头抖尾还兴奋地扬蹄，牛眼里似乎有泪光闪烁。

地生一下又想起了父亲，掐指算算父亲已走了一年多了，他盼望父亲早点回来，一家人团团圆圆地过日子。

地生和媳妇男耕女织，母亲在家料理家务，念父在山坡上自由自在地吃草，一家人和和美美让村里人羡慕。

第二年，媳妇给地生生下了一个胖儿子。地生笑了，云雀婶笑了，念父的眼里也含着笑意。

快乐的日子总是过得很快，转眼到了黄牯叔离家的第 10 个年头了。地生的儿子已经 8 岁了。

有时地生的儿子会问地生，人家都有爷爷，我怎么没爷爷啊？

别急，爷爷马上就回的。一家人就都盼望着黄牯叔 10 年长工满期回家共享天伦之乐。

地生的儿子更是天天念叨着爷爷。可是天有不测风云，地生的儿子却病了，而且病得很严重。一家人快急疯了，找了好几个医生，都说无药可救。最后还是观音庙的住持说，这孩子命里有此一劫，治好的办法很容易，吃一颗牛头上有白梅花的老牛的心就会很快痊愈。

当天地生拜求乡邻们帮助寻找，可是找遍了十里八乡，也没找到这样的牛。

第二天念父拱开牛栏，低下头来到了地生面前，地生惊奇地发现念父的头上就有一朵很小的白梅花，地生心里一阵轻松，这是他以前从没发现过的。很快地生的心里又沉重起来，想想念父这 10 年来含辛茹苦地风里来雨里去地劳作，要他杀掉念父取心，他还真下不了手呢。

地生在用衣袖抹眼泪。

这时，地生听见了一个声音在说话：把我的心拿去吧，我的儿子！

地生一愣，马上反应过来了，父亲，是我的父亲回了！

地生四处一望，可周围又没有人。

这时那个声音又响起了：儿子，别找了，念父就是你的父亲我变的。

原来是眼前的老牛念父在说话。地生惊喜地跑去叫来了母亲。

这时，念父说，别怕，我都告诉你们吧，那年我不是去打长工，而是去庙里求观音把我变成一头牛。本来今年可以变回人的，但为了我孙子的病，我不再变回了，把我的心拿去吧！

不，不，爸爸……地生上前抱住牛头热泪飞扬。

老头子，你……云雀婶抱住牛脖泪流满面。

念父把头从地生和云雀婶的怀里挣脱出来，望着家的方向前蹄着地跪了下去，然后迅速地站了起来，向前跑去，一头撞在了路边那巨大的石磙上……

地生和云雀婶跪在老牛面前失声痛哭……

谢师宴

高考分数发榜后，邵老师就成了一个大忙人了。平时默默无闻地躬耕在三尺讲台，也只有在这时节才有人想起他。有家长上门咨询如何填报志愿的，有学生上门咨询复读事宜的，有大中专招生办人员上门请求拉生源的……更得应付的是那些热心家长操办的谢师宴。

忙并快乐着。这段时间是邵老师最开心的日子，看着自己的努力没有白费，很多学生考上了一本、二本，能不高兴吗？邵老师也正是凭着这些成绩被评上了高级教师。

这天，邵老师去教育局拿回自己评职称时送审的获奖证书，那厚厚的一大摞红红的获奖证书，见证了邵老师的心血和汗水，拿在手上很有自豪感。路上，邵老师接到了一个电话，是学生刘奇的家长打来的。刘奇的家长是个建筑商老板，刘老板在电话里说，为了答谢邵老师对他儿子的精心栽培，特在本市最豪华的器斯里大酒店设宴招待，请邵老师务必赏脸。

这样的电话，邵老师几乎每天都会接到，有时一天接到好几个，家家赴约是不可能的，有些学生家长的邀请，邵老师会找出一些理由婉拒的。但，这刘奇的家长请客，邵老师没半点推辞，就满口答应马上去，因为刘奇是邵老师付出心血最多的学生，邵老师是英语老师，而刘奇的薄弱学科恰恰是英语，邵老师经常在空余时间给刘奇开小灶单独辅导，刘奇的英语进步很快，高考顺利地达到了一本的录取线。

邵老师就那样提着一摞获奖证书，招手上了一辆出租车，直奔器斯里大酒店。此时邵老师感到心中充满了万丈豪情。西装革履的刘老板和他儿子刘奇，早已恭候在了酒店门前，刘老板一把握住邵老师的手，连连说着感谢光临之类的客套话。然后，引邵老师乘电梯来到了三楼的包间。

酒是好酒，菜是好菜。在刘老板一家人的笑脸中，邵老师也很快融入到了热烈的气氛中。刘老板一家人轮流向他敬酒，邵老师享受到了一种空前的尊重。刘老板说，邵老师爱岗敬业是我们学习的榜样，还望着他儿子说，你要向邵老师学习，做一个对社会有用的有出息的人。

刘奇马上接过了老爸的话说，爸爸，邵老师是我最崇拜的人，这次我就填报师范院校，将来也当老师！

对，老爸支持你，就填报师范院校。

这对父子的话深深地打动了邵老师，邵老师动情地说，好啊，报考师范院校，我们的事业后继有人了。

这时，刘奇站起来从邵老师搁在旁边椅子上的一摞证书中随便抽出一本打开，扬在手中。这是一本市级优秀教师的奖证。刘奇双眼充满了亮光，对邵老师鞠了一躬，我将来也要做一名像您这样的优秀教师！

邵老师被学生的真诚和志向感动了，他动情地说，太感谢你们一家人了，能在当今社会很多人说我们是穷教师时，看不起老师的情况下，还同意儿子报考师范……

刘老板离席左手握着酒杯，右手握着邵老师的手说，为人师表教书育人，是天下最受人尊敬的职业……来。干杯！

两人都一饮而尽。

酒喝得差不多了，邵老师想到下午还要辅导学生英语竞赛，同刘老板打过招呼后，提前离席了。刘老板要开车送他，他没同意。走出酒店，邵老师拦了一辆出租车。当他招手时，突然感觉手上像少了什么，这才想起那摞宝贵的证书还落在包间里。邵老师马上转身上楼了。

刘老板一家人还没散席，到了门口，邵老师刚准备推门进去，突然听到刘老板在和儿子讨论着什么。

儿子，你真的要填报师范院校？

填那玩意干啥？讨米也不当老师！我可不想像老师那样一辈子喝粉笔灰。你看看我们邵老师，除了每年得几本当不得饭吃的破证书外，还有什么？浑身上下都是地摊货，透着一股穷气。

可他在你身上付出了很多啊。

那还不是冲着老爸你有钱。

到底是我的好儿子，和老爸想到一起去了。

……

邵老师刚进酒店时的万丈豪情，一瞬间跑得无影无踪，他没有推门进去，转身电梯也不乘直接跑下了楼梯。也不知是酒喝多了的原因，还是下楼跑得急，他只觉得头晕得厉害，一下倒在了酒店的门前……

忐　忑

看电视时看到那些男男女女的演员都是双眼皮，越看越觉得好看，真是羡慕不已。我们办公室连我一起的十位姐妹中，就有九位是双眼皮抑或是整成的双眼皮，她们忽闪忽闪的眼睛总是撩拨得我的心痒痒的。

上天不公啊，为什么偏偏我就是单眼皮呢？

我也很想拥有一双迷人的双眼皮来盼顾生辉。爹娘没有先天给我，我只有后天想法子了。我偷偷地在网上查了一下，割双眼皮是一个小手术，用不着很长时间的休养，七天就可康复上班。于是我把心动化为了行动，利用国庆长假到省城的一家医院做了割双眼皮的手术。

手术做得很成功。当那位年轻漂亮的女医生对我说这句话时，我正怀着激动的心情在揽镜自照。

做手术前，我看到年轻漂亮的女医生也是单眼皮时，心里就不踏实。我在想，你自己为什么不整一个双眼皮呢？你如果有美丽的双眼皮岂不是最好的活广告？你不是双眼皮，我对你的技术就不放心。

我对着镜子左看右看，看着看着突然发现了一个严重的问题：我的两只眼睛大小不一样，左眼比右眼大。我惊叫了一声后摔碎了镜子。大声对年轻漂亮的女医生吼道："你赔我眼睛，你赔我眼睛，我的眼睛变成了一大一小。"年轻漂亮的女医生忙上前扶着我的肩膀说："怎么会呢？怎么会呢？"我歇斯底里地说："我镜子里看见的就是一大一小。"

年轻漂亮的女医生知道说服不了我，就带我到检查室，用仪器进行了科学的测量。结论是：不存在不对称的问题，两个眼睛的大小分毫不差。

我出院了。

可是，不知为什么我回家后照镜子，还是觉得一大一小。

有了盼望已久的双眼皮，本来应该高高兴兴的，可是我的心情却郁闷到了极点。这一大一小的两只眼睛，叫我上班后怎么去面对我的那些姐妹们呢？一想起这个问题就心里添堵。我让老公看我的眼睛，帮我鉴别鉴别，可是老公说，很美啊，你这钱花得值得，绝对不存在一大一小的问题。我感觉到老公没有说实话，他是在安慰我。我不由得一阵阵闹心。

可是闹心归闹心，丑媳妇总得要见公婆的。长假完后我还得照常上班。

上班那天出门前，我对着镜子看着我的眼睛，足足看了半个小时，真像那个疑人偷斧故事里的人，越看越觉得一个眼睛大一个眼睛小，真是要多难看有多难看。我在心里先是骂自己，好好的眼睛为什么要去挨一刀，现在好了变成了怪物了；然后又骂医院，骂那个年轻漂亮的女医生，什么狗屁整容，什么狗屁医生，怪不得自己不敢把自己整成双眼皮呢。

我在家扭扭捏捏到再不出门就要迟到了的那个时间，才鼓足勇气走出了家门。我安慰自己：眼睛一大一小有什么了不起的，如果我天生就是这样的难道就不活命了？谁要是觉得难看就别看好了！

想归想，可是真正走到了大街上，我还是很心虚，不敢看人，我不想成为人们嘲笑的对象。我一路上都是低着头的。好在街上也没有碰到什么很熟悉的人，总算平平安安地到了单位。我的心稍稍平静了一些。

在进入单位的大门时，我没有忘记利用玻璃门最后鉴定一下"难看"的指数，不看还好，这一看之下，我那好不容易鼓起的勇气突然像泄气的皮球，瘪得只剩下皮了，难看的指数简直就是十颗星。也许是玻璃门不如镜子那样清晰，我看到自己的那双眼睛不仅仅是难看，简直就是狰狞了。完了，这叫我怎么面对办公室的那一双双眼睛啊？我痛苦地闭上了眼睛。我不知道我是怎么进入电梯的，也不知道是怎么进入办公室的。

我知道的是我已经进来了。办公室好热闹啊，姐妹们都比我来得早，她们在聊着长假期间各自的经历和见闻。见我进来了都同我打招呼。我本来是低着头的，但听到她们热情的招呼声，我不由自主地抬起了头。我打算豁出去了，我用眼睛对抗着她们的眼睛。可是我没有看到她们惊奇的表情，她们都兴奋地在忙着聊自驾游，聊孩子，聊老公，聊网购，聊打折的衣服……我用眼睛在她们脸上一一扫视，她们也看着我。竟然没有一个人发现我的变化，更别说看出什么一大一小的问题来。

一会儿，上班铃响了。大家迅速回到自己的格子间忙碌起来。

我忐忑的心总算平静了下来。可是，随之而来的是一阵阵莫名其妙的失落感。

一人得道

老范当局长了，是教育局长。

老范当局长后，老范的亲戚朋友们马上都具有了经济头脑。

老范的妻舅开了一家服装厂。妻舅找到老范说："妹夫，能不能帮我照顾点生意？我给你股份。"老范说："好的！"

于是，老范下到各学校视察师生的精神风貌，每到一所学校就说着同样的话："教师的穿着不能太随意，这样影响很不好；学生的服装也不能随意，不能让人从服装上看出家庭贫富，人为拉开学生之间的距离，让学生养成攀比的不良习惯……最好师生的服装能统一一下。我建议……"

局长说话了，校长得听。很快，各学校的师生都穿上了老范妻舅服装厂生产的校服。

老范的堂弟开了一家副食超市。堂弟找到老范说："大哥，能不能帮我照顾点生意？我给你股份。"老范说："好的！"

于是，老范下到各学校视察校办经销店，每到一所学校就说着同样的话："学生的午间餐千万马虎不得，进货渠道一定要严格把关，千万不能让不安全的食品进入校园……最好能在正规放心的地方进货。我建议……"

局长说话了，校长得听。很快，各学校校办经销店的货物都是由老范堂弟副食超市统一配送。

老范的妻妹开了一家体育器材用品经销公司。妻妹找到老范说："姐夫，能不能帮我照顾点生意？我给你股份。"老范说："好的！"

于是，老范下到各学校视察阳光体育开展情况，每到一所学校就说着同样的话："学生要全面发展，尤其要注重体育教学，要切实抓好阳光大课堂的工作，一些陈旧的体育器材存在着安全隐患，要及时更换，还应多配备一些新颖的学生爱玩的器材……素质教育要落到实处。不要怕花钱。我建议……"

局长说话了，校长得听。很快，各学校的体育器材更新换代再添置，都用上了老范妻妹公司的新产品。

老范读大学时上铺的兄弟开了一家广告装饰公司，兄弟找到老范说："哥们，能不能帮我照顾点生意？我给你股份。"老范说："好的！"

于是，老范下到各学校视察校园文化建设，每到一所学校就说着同样的话："校园文化代表着一所学校的精神和品味，你看看你们的一些宣传牌，告示栏，标语什么的多么土气……要让人看后眼睛一亮。我建议……"

局长说话了，校长得听。很快，老范上铺的兄弟的广告装饰公司承接了各学校的所有广告宣传事项，忙得不亦乐乎。

老范的姑舅表兄开了一家粮油销售公司。表兄找到老范说："老弟，能不能帮我照顾点生意？我给你股份。"老范说："好的！"

于是，老范下到各学校视察学校食堂，每到一所学校就说着同样的话："后勤工作很重要，食堂的安全更是重中之重，现在毒大米，地沟油到处都是……我们一定要严格把关。我建议……"

局长说话了，校长得听。很快，各学校食堂的粮油都由老范的姑舅表兄的粮油销售公司配送。

老范的妹夫开了一家文具经销公司……老范视察后……结果各学校的文具采购都找老范的妹夫。

老范的姐姐开了一家桶装纯净水公司……老范视察后……结果各学校办公室的饮用水都由老范姐姐的公司提供，

老范的胞弟开了一家电脑销售公司……老范视察后……结果各学校办公电脑，电教室电脑都更新换代了。

……

老范的这些亲戚朋友们都没有食言，年终都把老范该得的股份如数打到了老范的卡上。

尽管老范卡上的数目已经是不少，但他还是感觉钱不够花。老范在外面有一个小情人，他给这个小情人买了房子，经常借口出差到小情人这里幽会。小情人成天什么事都不做，宅在家里炒股，可她对股票一无所知，投入的资金总是有去无回。一没钱就问老范要。老范为了满足小情人的要求就一次次挪用公款，想让小情人在股海里翻身，可是一次次又被深度套牢。

有人将老范的行为举报到了纪委，纪委开始追查资金的去向。老范急了，急得牙齿上火，也没有想到补空的办法。

老范想起了他的那些亲戚朋友，想让他们筹集资金帮自己填上窟窿，摆平此事。可是他又担心那些亲戚朋友，风闻他要出事后不肯出手相救。几经思索最后还是决定试一试再说。

结局令老范没有想到，当天晚上，这些亲戚朋友就各自按老范开出的数字送钱上门了。

老范感动得热泪盈眶。

原来，这些亲戚朋友们达成了共识：老范不能倒。

三　槐

　　要打开三槐的话匣子，只有一个办法，就是跟他谈牛，准确地说是谈骗牛。在淋山河一带，没有人不知道三槐的，三槐的职业很冷门，叫好听点是兽医，其实他根本不会给牲畜看病，他只会骗牛。

　　看三槐骗牛那真是精彩而刺激。

　　在三槐的指挥下，牛主人先把牛牵到碗口粗的一棵大树旁，再拿出 4 根结实的麻绳，分别套在牛的 4 条腿上，然后叫来村里 8 个身强力壮的后生，两人拉着一根绳子，三槐发一声喊：拉。8 个后生站在同一边，用力一拉，牛的庞大的身躯就轰然倒地，然后迅速拖到大树旁，把绳子缠绕在树干上固定好，哪怕再凶悍的牛也只有乖乖地躺在那儿的份了。这时就该三槐上场了。三槐并不急，先把主人奉上的烧酒猛喝，直到只剩下一口，这最后一口酒，他并不吞下，鼓圆腮帮在口里漱一漱，然后"噗"地一声喷在一把锃光瓦亮的骗牛刀上，三槐头一低一偏，在右臂的袖子上从右到左一抹嘴，再抬起头来环顾一下四周，憨憨地笑一声后，直向牛尾跑去，在人们还没有看清楚时，那血淋淋的牛卵已被三槐捧在了手上。整套动作一气呵成。待主人接过牛卵后，三槐再慢慢地像绣花似的一针一线地缝合牛卵上的伤口，缝合完毕后，在伤口上撒上一大把锅底刮下的黑灰，就大功告成了。

　　三槐是从 18 岁开始跟本村的一个老兽医学习骗牛的，三年后老兽医因病去世了，这时的三槐已经成了能独当一面的师傅了。淋山河周围十里八乡都是三槐的市场，三槐因此手头隔不了几天就有点零花钱。三槐成天话语不多，见人只会憨憨地笑。可是，渐渐地三槐笑不起来了。三槐发现村里和他同龄的后生，都娶回了媳妇，有的还抱上了孩子，而他还是庙里的旗杆独一根。

　　三槐开始想女人了。村里的胡媒婆给他介绍了一个对象，两人见面时，三槐比那女孩还腼腆，除了低着头憨憨地笑之外，竟然说不出一句话。还是女孩问一句他答一句，才把那难捱的十几分钟的时间打发过去。第二天，那女孩子告诉胡媒婆，这人太木讷，不适合。胡媒婆就问三槐，你怎么不和人家女孩说话啊，所谓谈情说爱，就是要谈就是要说啊。三槐说，不知道说什么。胡媒婆教他，就说你最感兴趣的话题啊。

几天后，胡媒婆又让三槐去相亲。这次三槐记住了胡媒婆的话，在那女孩面前大谈骗牛的技巧，连他骗过的最大的牛卵一个重达3斤也告诉了女孩。女孩羞得满脸通红地跑了。

后来谈的几个对象，不是嫌他沉默寡言，就是嫌他说话不着边际。就这样三槐直到35岁还是孤家寡人。但恰恰是这年三槐的姻缘来了，三槐的姻缘是村里的舒寡妇带来的。两年前舒寡妇的丈夫得癌症去世了，她不想动脚走远，想就在村里找个踏实一点的男人过日子，舒寡妇相中了三槐。那天，舒寡妇以家里的猪病了为由，找三槐去看看，三槐说，我不是兽医，我只是一个骗牛的。舒寡妇说，不管看不看得好，你去看看就行。三槐去了舒寡妇家，到猪圈转了一圈，也没看出个子丑寅卯。但回到堂屋时，桌上已有一碗冒着热气的红糖荷包蛋在等着他。

三槐开始不知道自己怎么会有这么好的待遇，几天后，胡媒婆上门来说起了舒寡妇的意思，三槐同意娶舒寡妇，说等择个好日子就和舒寡妇拜堂成亲。三槐的脸上又爬上了久违的憨憨的笑。

心里有喜事的三槐，话也比平时多了，但说着说着还是爱扯到骗牛上。有天，他又和人们谈起了骗牛，恰恰村长听到了，村长说，三槐，你小子会骗牛，但你骗过人吗？三槐憨憨一笑说，我只骗畜生，怎么会去骗人呢。村长说，瞧你那个熊样，我就知道你小子不敢。

谁知，几天后三槐却敢骗人，还真的骗了人。

那天中午，三槐从邻村骗牛回来，手里提着喝剩的半瓶酒和主人送他的两斤猪头肉。三槐早已计划好了，酒他留着自己喝，猪头肉送给舒寡妇。三槐向舒寡妇家走去，舒寡妇家在村子东头，单门独院。到舒寡妇家的院子时，三槐突然听到屋里传出了舒寡妇的呼救声。三槐一激灵，扔下手里的东西，从包里掏出骗牛刀，冲进了屋里。一个赤身裸体的男人正压在舒寡妇身上，三槐大吼一声"放开她"，那人停止了动作惊慌地站了起来。三槐这才看清，竟然是村长。村长见是三槐，很快镇定下来，村长瞪着眼吼，你小子少管闲事！

三槐早就听说村长在村里欺男霸女，现在竟然欺侮到了自己的准新娘的头上，三槐只觉得血液直冲脑门，胆气升腾，他大吼一声，老子今天要骟了你！三槐扑上去，一脚扫倒了村长，在村长还没反应过来时，村长的两个睾丸就被三槐抠了出来。村长杀猪般地嚎叫着奔了出去，呼喊"救命"。

　　有人马上报了警。不一会儿，110 警车、120 救护车同时赶来。村长上了 120，三槐上了 110。

　　三槐上车前看了舒寡妇一眼。

　　警察马上挡住了他的视线，说，你怎么下这么狠的毒手？

　　三槐说，谁叫他是畜生。

拔苗助长新编

　　战国时代，宋国有一个名叫老蔫的人，家住在官道的旁边。老蔫家有两亩地，也紧邻官道。以前老蔫家的两亩地上种什么都是老蔫说了算，他想种棉花就种棉花，想种小麦就种小麦，想种大豆就种大豆。可是今年情况就不一样了，这天村长把老蔫等田地在官道旁边的人家召集起来开会说："今年新县令上任，县令发话了，要大力发展全县农业生产，调整种植结构，镇长积极响应县令的号召，要求我们全力配合，镇长决定今年官道两边一律种植棉花，到时县令要亲临我镇检查，对种植得好的人家给予奖励。"

　　老蔫他们听从安排都种上了棉花。

　　为了获得奖励，各家各户下大力气，精耕细作，清沟排渍，锄草施肥，打药除虫，家家户户的棉苗长势喜人。站在官道上一看，那些棉苗一般整齐，很难分辨出谁家比谁家强。

　　这天，村长广播通知："各位农户注意了，后天县令亲自来我村检查棉苗生长情况，谁的棉苗长势最好，谁家就会获得50两银子的奖励。"

　　老蔫在心里暗暗算了一笔账，自家这两亩棉花，就按最高产量来算，也只值40两纹银，如果能获得这50两纹银的奖励，那岂不是大大划算。老蔫寻思，得想办法获得这笔奖励。突击施肥提苗？不行，短期难见效果；将别家的苗掐掉一截使其变矮？也不行，那是犯法的行为……那天晚上，老蔫躺在床上翻来覆去地烙了大半夜的烧饼，也没想出一个可行的方法。天亮时，老蔫突然脑子里灵光一闪，他想到了一个好办法：在县令来检查的头天晚上全家出动，将棉苗向上拔起两寸，不就比别人家高了吗？

　　老蔫兴奋地推醒妻子，说出了自己的打算。没想到妻子当堂就泼了一瓢冷水："你是不是脑袋进水了？那棉苗拔动后还能活吗？你想让我们全家今年跟你一起喝西北风啊？"

老蔫说："你这女人就是头发长见识短，你懂什么啊……"接着老蔫给妻子算了一笔账，妻子这才笑着在被窝里直挠老蔫。但妻子想了一会儿后又提出了疑问："那到县令来检查时，要是我家的棉苗都死了怎么办？"

老蔫胸有成竹地说："没那么快的。我白天听了天气预报，明天的天气是小雨转阴天，没有太阳的直接烤晒，棉苗在一天的时间还不会变蔫的。"

白天，在别人家都在地里干活时，老蔫夫妻俩在家里养精蓄锐地睡觉，以便晚上有充足的精力去拔苗。

到了晚上夜深人静时，老蔫夫妻俩出动了，他们打着手电筒，将那些棉苗一棵一棵向上提了两寸。在天亮之前，他们顺利完成了任务。

早晨，老蔫站在官道上看着自己地里的棉苗比别人家高出一截时，在心里暗笑。

其他人看到老蔫家的棉苗一夜之间比自家高出了一截，都惊奇不已，他们猜不透老蔫施了什么魔法。

上午，县令坐着八抬大轿沿着官道来到了村里，一眼就看到老蔫的那两亩棉田比其他人家的长势好，当堂给老蔫挂上了大红花，并奖励白银50两，还叮嘱随行的镇长要将老蔫树为"种田能手"的典型，让全镇人民学习。村里的人都用羡慕的眼光看着老蔫。

第二天是个大好的晴天，太阳一出来，老蔫家的棉苗就全部蔫了，到下午就全部晒死了。

人们这才看出了老蔫玩的猫腻。有人马上去镇里向镇长举报了老蔫弄虚作假的行为。可是，镇长压了下来，镇长心里很清楚，如果让县令知道了老蔫的作弊行为，自己的乌纱帽就保不住了。镇长把老蔫叫去，镇长帮老蔫献计说："对外千万别说你拔苗助长的事，就说是因为喷施了假农药导致棉苗死亡的。"

老蔫依计而行，当有人问起时，他们夫妻俩的口径一致："都是假农药害的啊！"

收获季节到了，别人家的棉花大丰收，而老蔫家却什么也没有。年终时，镇里下拨到老蔫村里一个贫困户指标，由于老蔫家受了害没有半文钱的收入，那贫困户的指标理所当然地落到了老蔫头上。

人们在同情老蔫时，老蔫却躲在家里笑眯眯地数着刚刚领回的扶贫款。

杜甫之死

"安得广厦千万间，大庇天下寒士俱欢颜……"杜甫躺在四面透风的茅草屋里的一张摇摇欲坠的破床上，刚吟完这句诗就昏睡了过去。也不知过了多久才醒来，睁开眼，发现自己已穿越到了一座现代化的都市的街头。杜甫正步履蹒跚地走在街上。

杜甫放眼一望，耸立在眼前的是正在开盘销售的"都市花园"楼盘。十几栋拔地而起的高楼，豪华，庄严，气派，漂亮。杜甫揉了揉眼睛，掐了掐大腿，看了看天空，证实眼前的一切不是梦。杜甫自言自语道："我的梦想果真变成了现实？真的已得广厦千万间了？"

杜甫心中欢喜，看来大庇天下寒士俱欢颜的时候到了。他信步朝前走去，来到了楼盘销售中心。推开宽大的玻璃门，售楼小姐马上笑脸迎了上来："先生您好！欢迎光临'都市花园'，我们这儿的楼盘地段好，具有很大的升值空间，大中小户型都有。现在正在热销中，价格优惠。"

杜甫说："小户型的得多少钱？"

售楼小姐倒了一杯水双手递给杜甫说："最小户型90平米，每平米1万元。"

杜甫的手一颤，杯子一歪，水全洒到了身上。不用摸杜甫就知道自己口袋里只有几两碎银，连半平米也买不起。

杜甫试着问了一句："不买，就不能住吗？"

售楼小姐"哧"地一声笑了："不买，当然就不能住啊。"

杜甫又问："没人买宁可空着，也不让人住吗？"

售楼小姐说："怎么会没人买呢？有钱的人多的是。"

杜甫在售楼小姐的冷眼中离开了售楼处。走在阳光明媚的大街上，杜甫听到从身边走过的一对情侣说："房价又涨了，看来我们今生是买不起房了哟。"杜甫摇摇头说："没钱的人也多的是啊。"

杜甫回头望望那一座座"广厦"，他怎么也想不明白，已得广厦千万间，但为什么还是没有天下寒士住宿的地方。

　　杜甫越想越心气难平，越想越心中郁闷，看来大都市没有我杜甫的立足之地啊，还是回我的家乡去吧。杜甫乘火车回到了成都草堂。

　　杜甫来到草堂门前，正准备往里走，可是被人拦住不让进，杜甫以为走错了地方，他抬头看了看门楣上方，没错啊，上面4个黑色的大字：杜甫故居。杜甫回身又往里走，守门人又拦住了他说："参观杜甫故居，请先买门票。"

　　"笑话，我进自己的家还用买票？"杜甫愤愤不平。

　　守门人撇着嘴说："开玩笑，这儿什么时候变成了你的家？这可是我们老板投资200多万打造的历史名人旅游圣地。"

　　杜甫理直气壮地说："我就是杜甫。"

　　守门人用嘲讽的眼光望着杜甫说："知道现在假冒伪劣的多，没想到竟然有人冒充杜甫，杜甫去世1200多年了，知道吗你？"守门人说完用力把杜甫推了出来。

　　杜甫跟跟跄跄地离开了草堂。

　　杜甫有家不能进，他仰望天空，一声长叹："天啊……"

　　杜甫又累又饿地漫无目标地在街上走着。走着走着，他突然感觉到头晕，一下栽倒在地上。杜甫用微弱的声音呼喊"救命"，可是从他身边走过的人视若不见，听若不闻。杜甫听见有个小孩说："妈妈，去救救老爷爷吧。"可是马上被他妈妈呵斥："不要多管闲事，救不得，他的家人来后会赖上我们，说是我们撞倒的。"

　　杜甫拼尽全力喊了一句："苍天啊……"就永远闭上了眼睛。

防 弹 衣

吴局长的一位在部队工作的同学，送给了他一件防弹衣。吴局长很喜欢，经常穿在身上显摆。别看那薄薄的柔柔的样子，穿在身上像一件藏青色的背心，但它的防弹功能却是顶呱呱的。吴局长经常在酒桌上喝着喝着就脱掉外套，露出里面的防弹衣，并且振振有词地说："如果有子弹打来，这玩意会把子弹弹回去，你们信不信？"

谁敢顶撞局长呢，大家都随声附和："信，我们相信！"其实大家心里想的是："鬼信。也没有谁有枪有子弹来试一试。"

世上的事偏偏就是这么巧，不由你不信。几天后这件防弹衣还真的接受了子弹的检验。

那天，吴局长去银行取款，恰遇一持枪歹徒抢劫银行，凶残的歹徒开枪打死了银行的保安，用锤子猛砸柜台的玻璃。吴局长仗着自己穿的是防弹衣，他大吼一声"住手"，冲了上去。歹徒抓起枪照着吴局长的胸膛扣动了扳机。吴局长只是弹了一下，而没有后退，更没有倒下。竟然有人枪弹不入，在歹徒惊奇的同时，吴局长早已缴下了歹徒的枪。歹徒见势不妙，转身就跑，吴局长持枪追赶。这时，110特警及时赶到，迅速出击抓住了歹徒。

吴局长一下成了舍身勇斗歹徒，保护国家财产的英雄。市电视台记者采访了吴局长，在记者的镜头前，吴局长脱下那件他一直引以为豪的防弹衣拍了拍，说了句："多亏了我这件防弹衣啊！"

从此，吴局长的防弹衣出名了。当他再在酒桌上拍着防弹衣说："如果有子弹打来，这玩意会把子弹弹回去，你们信不信？"大家这时说的是真心话："信，我们完全相信！"

不久，英雄的吴局长成了吴副市长。也不知吴副市长是真的喜欢这件防弹衣，还是觉得这件防弹衣能给他带来好运，一年中至少有一半的时间没离开过防弹衣。

这件防弹衣成了吴副市长的名片。人们说起吴副市长就会想起他的防弹衣，人们说起防弹衣就会想起吴副市长。

唯独有一人对吴副市长的防弹衣的防弹功能，提出了质疑，这人就是市山河建筑公司陈经理。陈经理说："吴副市长的防弹衣，我能击穿。"

当时有人就反问他："你难道比持枪歹徒还厉害？"

陈经理嘿嘿一笑说："这世上的事情往往就是这么令人不可捉摸。"

这话不知怎么传到了吴副市长的耳中。吴副市长听了很不舒服。吴副市长分管的是城建，市东方广场建设工程已经立项审批通过了。消息灵通的陈经理想接下这项工程。陈经理不合时宜地找上门来。当吴副市长听明白了陈经理的来意后，突然想到了陈经理对他的防弹衣的贬损之词。吴副市长有了主意。吴副市长说："你要想获得这项工程的承建权也很容易，请你搞把枪打穿我的防弹衣，我就把这项工程的承建权交给你。"

这话在外人听来，也就等于是婉言拒绝，因为你不可能在哪里能搞到枪并且搞到子弹。可是陈经理听后却是微微一笑。陈经理说："好吧，一言为定！"

三天后，陈经理还真搞来了一把手枪。吴副市长说："小心，我告你私藏枪支弹药。"

陈经理说："等我打穿了你的防弹衣后，你再去告吧。"

吴副市长穿着防弹衣，站在 10 米远的位置，陈经理持枪瞄准，射击。

陈经理的枪法很准。第一枪，击中了，但防弹衣毫发无损，吴副市长只是微微动了一下；第二枪，击中了，但吴副市长只是后退了几步，防弹衣打穿了一半；第三枪，打穿了防弹衣，吴副市长被击倒在地，但子弹并没伤害他，而是恰到好处地停在了他身体的外面。吴副市长爬起来后，把这 3 颗子弹牢牢地抓在了手中。

吴副市长认输了，把东方广场建设工程的承建权交给了陈经理。

人们都觉得不可思议，歹徒的子弹没有击穿吴副市长的防弹衣，陈经理是怎么击穿的呢？

这个谜底还是在第二年吴副市长被"双规"后揭穿的：原来，陈经理用的是一把玩具手枪，但那子弹却是特制的，第一枪，用的是人民币加美元卷成的子弹；第二枪，用的是黄金制成的子弹；第三枪的子弹是一颗硕大的钻石。